Rote Krimi

EDGAR WALLACE

Das Juwel aus Paris

THE JEWEL

und andere Kriminalerzählungen

Wilhelm Goldmann Verlag

Aus dem Englischen übertragen von
Tony Westermayr

Herausgegeben von Friedrich A. Hofschuster

Gesamtauflage: 165.000

Made in Germany · 4/82 · 10. Auflage
© der deutschsprachigen Ausgabe by Wilhelm Goldmann Verlag, München
Umschlagentwurf: Atelier Adolf & Angelika Bachmann, München
Umschlagfoto: Richard Canntown, Stuttgart
Druck: Mohndruck Graphische Betriebe GmbH, Gütersloh
Krimi 2128
Lektorat: Friedrich A. Hofschuster · Herstellung: Peter Sturm
ISBN 3-442-02128-6

Inhalt

Das Juwel aus Paris

»Dieser Mann«, sagte Dandy Lang, die Zigarre dozierend erhoben, »dieser Mann ist so reich, daß es ihm selber peinlich ist, und er hat nur noch für sein Mädchen Augen im Kopf. Wenn sich so ein Krösus in ein junges Mädchen verknallt, ist er in der Rue de la Paix halb zu Hause. Er kommt nie aus Paris zurück, ohne soviel Schmuck mitzuschleppen, daß andere Leute drei Jahre davon leben könnten, und das Brillantenhalsband wird er auf jeden Fall kaufen, so lang ich Wahr heiße – Quatsch, so wahr ich Lang heiße.«

Er war ein großer, dunkelhaariger, recht gutaussehender Mann, überaus elegant gekleidet. Auf jeden Fall paßte er in das vornehme Restaurant ›Arabelle‹. Mr. Hokey Smith, sein Gegenüber, schien sich weder im Lokal noch in seinem Anzug wohlzufühlen. Er war ein stiller, kleiner Mann mit zerfranstem Schnurrbart. Sein Hemd bauschte sich an der Brust, die Manschetten waren ein bißchen zu lang, das Jackett warf am Rükken Falten. Abgesehen davon, so erklärte Dandy verärgert, trage man zum Smoking keinen weißen Binder.

»Der Kerl hat mir zuviel mit technischen Dingen zu tun«, meinte Hokey heiser. »Da hab' ich einfach Angst, Dandy. Du kannst sagen, was du willst, mit dem neumodischen Zeug vermasseln die uns die ganze Tour. Früher, wenn einer in Southampton auf dem Schiff nach Amerika war, hat er sich gratulieren können. Jetzt funken sie hinterher und erkundigen sich beim

Kapitän, ob du der mit der Narbe hinter'm Ohr bist. Und wenn du in ein Flugzeug steigst, erwarten sie dich schon bei der Landung. Ich geb' ja zu, daß es recht ungefährlich aussieht, aber dieser Macready hat dauernd mit dem Zeug zu tun, und wenn man sich darauf einläßt, ist man schon geliefert.«

Dandy betrachtete ihn gelassenen Blicks.

»Das Dumme bei dir ist, Hokey«, sagte er geduldig, »daß du nie was gelernt hast. Macready versteht von der Technik genausoviel wie du und ich. Stimmt, er hat was übrig für Apparaturen, wo man bloß noch auf einen Knopf zu drücken braucht, und schon schießen sie dir's Frühstück auf den Teller, aber wir wollen ja nicht in sein Haus einsteigen. Das wär' etwas anderes. Im Moment, wo du bei dem auf den Fußabstreifer trittst, hörst du ganz bestimmt den Soldatenchor aus Faust.«

»Wer ist das?« erkundigte sich Hokey, stets begierig, sein Wissen zu vermehren.

»Und wenn du die Treppe hinaufgehst, löst du auf dem Dach wahrscheinlich Raketen aus. Aber in die Eisenbahn kann er sich so was nicht mitnehmen. Ich wette jeden Betrag, daß wir ihn noch vor London erwischen. Er nimmt immer den Nachtzug, weil er Angst vor dem Fliegen hat. Also, machst du mit? Wir teilen brüderlich. Ich sag' dir, das geht leichter als bei den Smaragden dieser Amerikanerin.«

Hokey zögerte, schüttelte den Kopf, seufzte wieder.

»Wenn du dich mit diesen Kerlen einläßt, bist du hin«, sagte er, aber als sein Gegenüber verächtlich den Mund verzog, fügte er hastig hinzu: »Abgemacht!«

Mr. John Macready hatte Gründe genug, am Schrein der Technik mit Ehrfucht zu opfern. War es nicht ein Onkel mütterlicherseits gewesen, der einen neuen Kunststoff entdeckt hatte, und sein eigener Vater, dem es durch die Herstellung von Elektrogeräten gelungen war, ein riesiges Vermögen zu erwerben?

Er verdammte gerade an dem Abend, als die Konspiration gegen ihn im Gange war, seine eigene Untüchtigkeit und hatte in dem hübschen Mädchen, das neben ihm am Boden saß, eine mitfühlende Zuhörerin. Sie saßen vor dem Kaminfeuer in seiner Villa am Berkeley Square. Die junge Dame nahm in regelmäßigen Abständen Zigaretten aus seinem Etui, mit jenem Besitzerstolz, der sich bei den meisten Frauen nach der Eheschließung zur nachlässigen Gleichgültigkeit wandelt. Für sie gab es keinen Zweifel daran, daß John Macready seinen berühmten Verwandten überlegen war, was Erfindungsgeist, strahlenden Intellekt und geniale Begabung in der Verwaltung von Finanzen anging.

»Ich möchte einfach nicht nur auf mein Geld verweisen, wenn ich dich heirate, Liebling«, erklärte er nachdrücklich. »Ich möchte etwas geleistet haben, ich möchte etwas Neues finden, mein Talent auf die Probe stellen, mein Vermögen verdoppeln. Ich habe auch schon eine Ahnung, wie ich das anstellen muß.«

Er war blond und groß, sehr gutaussehend und begeisterungsfähig. Ihr Blick entzündete sich an seinem Enthusiasmus.

»Das kann ich verstehen, Liebster«, hauchte sie. »Es ist wirklich furchtbar, wenn man die Leute sagen hört: ›Na ja, wenn nicht die große Erbschaft gewesen wäre, hätte er es nie geschafft‹.«

»Du bist wunderbar«, sagte er, und für die nächste halbe Stunde war das Gespräch unterbrochen.

Sie stand erst wieder mit beiden Beinen auf der Erde, als von der interessanten Straße in Paris die Rede war, die Dandy Lang erwähnt hatte.

»... das herrlichste Halsband, das du dir vorstellen kannst. Lecomte verlangt Dreißigtausend, aber er wird bestimmt noch mit sich reden lassen. Du mußt es einfach haben, Liebling. Es wird dein Hochzeitsgeschenk.«

»O nein«, murmelte sie, »Liebster, du bist immer so extravagant!«

Sie sagte das in jenem säuselnden Ton, den Frauen anwenden, wenn sie ein Geschenk annehmen, das sich kein Mann leisten kann.

Aber John Macready konnte.

»Ich werde das Angenehme mit dem Nützlichen verbinden«, meinte er. »Ich muß sowieso zu einer Besprechung mit diesem Arkwright hinüber. Ein zäher Bursche. Du weißt ja, wie die Amerikaner sind. Hoffentlich schaffe ich es, ihn zu meiner Ansicht zu bekehren ...«

Von da an verlor sich Mr. John Macready in unverständlichen Details, half seiner Angebeteten auf die Beine, setzte sich mit ihr an einen Tisch, wo er mit Bleistift und Papier erklärte, welche Dienste er der Welt zu leisten hoffte, um gleichzeitig auch seinem schon mehr als beträchtlichen Vermögen einigen Zuwachs zu verschaffen, als direkte Folge seiner menschenfreundlichen Aktionen.

Drei Tage später stand Hokey Smith mit grünlichem Gesicht, am ganzen Körper zitternd – die Kanalüberquerung hatte bei stürmischem Wetter stattgefunden –, neben seinem eleganten Begleiter und beobachtete Mr. Macready, der im Bahnhof von Calais durch den Regen hastete und den Schlafwagen bestieg. Er reiste allein, wie er es gewohnt war.

»Rein mit dir, Hokey«, sagte Mr. Lang leise. »Er ist an Bord.«

»Sag bloß nicht ›an Bord‹«, stöhnte Hokey und fügte, ein wenig lebhafter, hinzu: »Ich versteh' bloß nicht, wie er sonst nach Paris kommen sollte, wenn er nicht zu Fuß geht.«

»Er hätte ja auch nach Berlin fahren können, du Trottel«, klärte ihn Dandy auf. »Seit damals der Kerl von der Börse in Calais in den falschen Zug gestiegen ist, geh' ich kein Risiko mehr ein.«

Dandys Kenntnisse über Frankreich und französische Eisenbahnen ließen nichts zu wünschen übrig – immerhin hatte er fast zwölf Jahre lang auf dem Kontinent ›gearbeitet‹ und sich zum tüchtigsten Gepäckspezialisten in ganz Europa herangebildet. ›Und zwar, ohne ein einzigesmal erwischt zu werden‹, pflegte er seinem Vertrauten selbstzufrieden mitzuteilen.

Paris kannte er, französisch sprach er. Für Hokey Smith blieben fremde Länder und Sprachen ein undurchdringliches Geheimnis.

Es gab Gelegenheiten, bei denen Mr. Lang bedauerte, seinen Assistenten mitgebracht zu haben, aber Hokey war eine Begabung. Es hieß, er könne einem Schläfer das Kopfkissen unter dem Haupt wegziehen, ohne seinen Schlummer zu stören. Überdies besaß er besondere Geschicklichkeit in der nachahmenden Anfertigung von

Lederwaren. Gerade aus diesem Grunde hatte ihn sich Dandy ausgesucht.

Als Spion konnte man ihn nicht gebrauchen. Er blätterte die ganze Zeit in frivolen Magazinen und verließ das Hotel kaum. Dandy dagegen kam nur zum Schlafen und zur Berichterstattung auf das Zimmer.

»Er war jetzt dreimal bei Lecomte, dem Juwelier, und bekommt den Schmuck heute nachmittag«, meldete er schließlich. »Ich bin in das Geschäft gegangen, als er dort war, und habe ihn sagen hören: ›Dafür brauche ich einen ganz besonderen Behälter‹, und hier ist der Text des Telegramms, das er von hier aus abgeschickt hat.«

Er schob Hokey Smith einen Zettel hin. Dieser rückte sein Pincenez zurecht – denn er war ein sehr solider Mensch – und begann zu lesen:

Juwel erworben! Abfahrt heute abend Paris. Bis eintreffe Glückwünsche zurückhalten.

»Ich habe Schlafwagenplätze reservieren lassen«, meinte Dandy. »Ich verlasse mich auf dich.«

Hokey Smith rieb sich den kahlen Schädel und starrte bedrückt auf die regnerischen Straßen hinaus. Seit ihrer Ankunft hatte sich die Sonne nicht einmal blicken lassen.

»Wenn nichts Technisches dabei ist, schaff' ich's«, sagte er. »Weißt du, wie der Koffer aussieht?«

Das war eine wichtige Frage. Mr. Smith hatte eine seltsame Ausrüstung mitgebracht. Er war ein tüchtiger Taschenmacher und konnte binnen einer Stunde jede Tasche, Mappe, jeden Koffer, überhaupt jegliche Art von ledernem Behälter exakt nachgestalten.

»Stell' ich fest«, sagte Dandy und verbrachte den Rest des Tages damit, die nötigen Informationen zu beschaffen.

In gewisser Beziehung war es schwierig, Mr. John Macready auf den Fersen zu bleiben. Vielleicht hätte man auch sagen können, langweilig, denn er war viel mit einem amerikanischen Erfinder namens Arkwright zusammen, dem es an Gesprächsstoff nie zu mangeln schien. Arkwright hatte in der Nähe von Auteuil ein Labor und galt in der Welt der Technik, wie Dandy herausfand, als bedeutsame Figur. Dandys Mühe lohnte sich.

Für eine Stunde entwischte ihm Mr. Macready, aber er konnte die Fährte vor seinem Hotel, dem Bristol, kurz nach sieben Uhr abends wieder aufnehmen. Das Taxi kam aus der Richtung, in der man die Rue de la Paix zu suchen hatte, und Mr. Macready wurde von einem Mann begleitet, der Privatdetektiv oder Kriminalbeamter in Zivil zu sein schien. Mit großer Sorgfalt holte Mr. Macready ein kleines Köfferchen aus rotem Saffianleder aus dem Taxi, gab es auch nicht aus der Hand, als der Portier diensteifrig herbeieilte, und trug es selbst ins Hotel. Dandy merkte sich Größe, Form und Farbe und sah auch unterhalb des Griffs eine Beschriftung mit Goldbuchstaben. Inzwischen verschwanden Mr. Macready und sein Begleiter im Fahrstuhl. Dandy eilte zu Hokey und nannte ihm Abmessungen und äußere Merkmale des Koffers.

»Er hatte einen Detektiv dabei – wenn Macready ihn nach London mitnimmt, können wir den dreißigtausend Pfund gleich Lebewohl sagen.«

Hokey, der zwar ein schlechter Seemann, aber kein Dummkopf war, kratzte sich das Kinn.

»Dann kriegt er eben einen präparierten Glimmstengel«, sagte er. »Alles streng wissenschaftlich. Mit dem Burschen werd' ich schon fertig.«

Die Nacht war stürmisch, als der Zug den Gare du Nord verließ. Dandy, am Fenster des Schlafwagenabteils, grinste zufrieden, als er den Detektiv auf dem Bahnsteig zurückbleiben sah. Wenn man nach der Unterwürfigkeit seiner Abschiedsgrüße schließen durfte, war er nicht übel entlohnt worden.

Mr. Hokey Smith hatte, solange der Zug am Bahnsteig gestanden war, nicht auf der faulen Haut gelegen. Er betrat das Schlafwagenabteil, das er mit seinem Freund teilte, klappte eine große Tasche auf und legte letzte Hand an ein kleines Köfferchen aus rotem Saffianleder, dem den ganzen Abend über seine volle Hingabe gegolten hatte. Dann steckte er es in einen Leinenüberzug.

»Die Größe stimmt genau«, meinte er zufrieden, »und die Beschriftung ebenfalls.«

»Hast du sie lesen können?« fragte Dandy.

Mr. Smith nickte.

»Das Juwel«, sagte er, und fügte verzweifelt hinzu: »Ich versteh' einfach nicht, warum ein intelligenter Mensch so was auch noch draufschreibt? Du vielleicht?«

Wenn sie noch Zweifel über den Inhalt des roten Köfferchens gehabt hatten, so verflogen auch diese, als sie den Speisewagen betraten. Mr. Macready kam mit dem Koffer herein und stellte ihn unter den Tisch, zwischen seine Beine. Nachher gingen sie hinter ihm her durch den schmalen Korridor zu seinem Abteil. Macready schlief allein. Das Nebenabteil hatten sich Lang und Smith zu verschaffen gewußt. Es gab eine Zwischentür. Wenn er nicht allzu vorsichtig war, würde er vielleicht vergessen, sie abzuschließen.

Mr. Macready entsprach jedoch nicht den gehegten Erwartungen, und als Hokey mitten in der Nacht die Klinke niederdrückte, fand er die Tür abgesperrt.

Es wäre nicht schwer gewesen, sie aufzusprengen, aber man mußte Lärm vermeiden. Weit einfacher, das Abteil vom Korridor her zu betreten. Nachdem Hokey vor dem Schaffnerabteil Posten bezogen hatte, um Ungestörtheit zu garantieren, schob Dandy vorsichtig einen Schlüssel ins Schloß, sperrte auf und trat ein. Vorher hatte er noch ein um den Hals geknotetes Taschentuch über die untere Hälfte seines Gesichtes gezogen.

Er machte die Tür hinter sich zu, schloß die Zwischentür zu seinem Abteil auf, um einen Fluchtweg offen zu haben, und begann mit Hilfe einer winzigen Lampe die Durchsuchung des Abteils. Das Köfferchen lag weder im Gepäcknetz, noch stand es am Boden. Er hörte, daß Macready sich brummend im Bett umdrehte, und knipste das Licht aus. Nach ein paar Minuten waren wieder regelmäßige Atemzüge zu vernehmen. Er machte weiter.

Es dauerte nicht lange, bis er das rote Köfferchen gefunden hatte. Es lag unter der Decke an den Beinen des Schläfers. Vorsichtig schob er seine Hand unter die Decke und stieß auf eine Schnur, die den Knöchel Macreadys mit dem Griff des Köfferchens verband.

Dandy suchte gerade nach seiner Schere, als jemand an die Tür klopfte und eine Stimme auf französisch rief: »Ist alles in Ordnung, Monsieur?«

Dandy hatte gerade noch Zeit, durch die Verbindungstür zu schlüpfen und sie von seiner Seite aus zu verriegeln, als er Macreadys schläfrige Stimme auch schon sagen hörte: »Alles in Ordnung, Schaffner.«

Offenbar war vereinbart worden, daß der Schaffner in regelmäßigen Abständen Mr. Macready wecken sollte.

Sie warteten eine halbe Stunde und wollten gerade zum zweiten Versuch ansetzen, als im Korridor eine Klingel schrillte. Ein paar Minuten später entspann sich ein Gespräch zwischen Macready und dem Schaffner.

Der junge Mann war offensichtlich unruhig. Sie hörten, wie er den Schaffner bat, ihm Kaffee zu machen.

»Ausgerechnet!« stöhnte Dandy. »Jetzt sitzen wir da. Der Kerl kann doch kein reines Gewissen haben, sonst würde er ruhig schlafen!«

Das Blatt schien sich wieder zu wenden. Sie kamen in Dünkirchen an, wo der Sturm mit wütendem Geheul um das Bahnhofsgebäude jagte. Das am Kai festgemachte Schiff schwankte ächzend, als befinde es sich mitten auf dem Kanal. Der Bahnhofslautsprecher verkündete, der Dampfer könne des starken Sturmes wegen zunächst nicht auslaufen.

Über zwei Stunden wartete der Zug am Kai, und die wach gewordenen Passagiere wanderten wütend im Korridor hin und her – nur John Macready blieb in seinem Abteil.

Endlich legte sich der Sturm soweit, daß die Schlafwagen auf die Fähre gelotst werden konnten. Um elf Uhr vormittags gelangte das vom Sturm arg gebeutelte Fährschiff in den Hafen von Dover. Nur zwei Passagiere hatten keinerlei Grund zur Unzufriedenheit.

Zwar lag Hokey Smith erschöpft auf seinem Bett, aber als der Zug London entgegendonnerte, hatte er sich schon wieder erholt.

»Wenn ich noch einmal eine solche Fahrt mitmache«, sagte Hokey düster, »kannst du mir eins auf die Nase geben, und ich sag' noch danke schön. Nichts als Zeitverschwendung ... und der Sturm ... du lieber Himmel!«

»Nur nicht aufgeben«, sagte Dandy und starrte mit schmalen Augen vor sich hin.

»Wo bleiben denn die Wissenschaftler und Techniker?« jammerte Mr. Smith. »Wenn sie nur endlich einen Tunnel bauen würden –«

»Mit einem Tunnel kann ich nichts anfangen«, erwiderte Dandy. »Du hast Macready nicht gesehen. Der war noch grüner im Gesicht als du – und das ist schon nicht mehr grün, das ist blau. Schau her!«

Er knöpfte den Überzug des Köfferchens auf. Hokey Smith sah sofort, daß das nicht sein Koffer war.

»Du hast ihn!« schrie er.

Dandy lächelte.

»Ich bin hinübergegangen und hab' den Koffer ausgetauscht, als er völlig erledigt im Bett lag. Überhaupt nichts dabei! Dann woll'n wir mal sehen, was wir verdient haben.«

Er versuchte die Verschlüsse zu öffnen, aber sie widersetzten sich.

»Mach das doch in London«, meinte Smith. »Wenn

du den Koffer zum Fenster hinauswirfst, haben die von der Polente nur eine Spur mehr.«

Als der Zug im Victoria-Bahnhof heranrollte, nahm sich Dandy das rote Köfferchen noch einmal vor. In der Mitte zwischen den Schlössern befand sich ein Ledergurt, den man öffnen konnte. Darunter entdeckte er zwei drehbare Knöpfe. Er dachte an ein Kombinationsschloß, hatte aber keine Zeit mehr, sich näher damit zu befassen. Der Zug kam zum Stillstand, und Dandy trat auf den überfüllten Bahnsteig hinaus, den Koffer in der Hand. Und dann:

»... aber der Wolf wußte nicht, wo sich das Geißlein versteckte. Wißt ihr, wo das Geißlein war ...?«

Dandy stand da wie angewurzelt. Die Stimme kam aus dem Köfferchen. Alle Leute starrten ihn an.

»Richtig, liebe Kinder, das Geißlein war in ...«

Eine Hand legte sich auf Dandy Langs Schulter.
»Kommen Sie unauffällig mit?«
Dandy wandte den Kopf und sah das vertraute Gesicht eines Inspektors von Scotland Yard vor sich.
»Wieso bin ich verhaftet? Was soll denn das heißen?«
Der Inspektor sah ihn mißbilligend an und schüttelte den Kopf.
»Wenn Sie tragbare Fernsehgeräte klauen, brauchen Sie sich nicht zu wundern«, meinte er.
Im Polizeiauto, das sie in die Stadt brachte, sagte Hokey Smith nur einen einzigen Satz:
»Das kommt davon, wenn man sich mit der Technik einläßt.«

»Ich vermißte den Koffer sofort, als ich in Dover ankam«, erzählte Macready seiner Verlobten. »Ich war natürlich außer mir und verständigte telegrafisch die Polizei in London. Ich hatte dem Erfinder mein Wort gegeben, daß das Gerät nicht in fremde Hände kommt, bis die Patente angemeldet sind.« Er legte das rote Köfferchen auf den Tisch und klappte es auf. Ein kleiner Fernsehbildschirm kam zum Vorschein. Er drehte an den Knöpfen. »Schau dir das mal an, Liebes«, sagte er. Seine Verlobte trat an den Tisch.

»Der linke Knopf ist für die Lautstärke, der andere steht auf A – für Aufzeichnung – jetzt paß mal auf . . .« Er drehte an dem Knopf. »Das Ding funktioniert so ähnlich wie ein Tonbandgerät«, erklärte er. Er drehte noch einmal.

». . . wußte nicht, wo sich das Geißlein versteckte . . .«

Der Bildschirm wurde hell. Ein böser Wolf suchte mürrisch sein Opfer.

»Du siehst«, sagte John Macready, »das Bild ist genauso klar, als käme das Programm direkt vom Sender – dabei ist es nur eine Aufzeichnung. Ich habe vorgeschlagen, daß wir den Apparat ›das Juwel‹ nennen, Liebling. Übrigens«, er steckte die Hand in die Tasche und nahm ein flaches Etui heraus, das er immer bei sich getragen hatte, »hier ist das Halsband. Aber, wie gesagt, ›das Juwel‹ wird Geschichte machen. Du kannst jedes beliebige Programm mit Bild und Ton aufzeichnen – wenn du einfach an diesem Knopf da drehst . . .«

Wer ist Nicodemus?

Mirabelle Stoll las die Morgenzeitung und gähnte. Sie hatte alles studiert: Modeteil, Anzeigen, die Berichte über die Hochzeit eines Herzogs, den Fortsetzungsroman; abgesehen von den politischen Meldungen und dem Leitartikel – langweilige Lektüre –, enthielt das Blatt nichts Brauchbares mehr. In Mrs. Staines-Walthams Haus war eingebrochen worden, aber das einzige Interessante dabei war die Abbildung einer riesengroßen Brillantenbrosche, die zur Beute der Einbrecher gehörte.

Mirabelle legte die Zeitung weg und machte sich widerwillig ans Füttern der Hühner. Eine halbe Stunde später ging sie, ein wenig besser gelaunt, an Miss Berthas Rosenbeet vorbei und betrat Miss Marys Garten. Die jungfräulichen Wesen, nach denen man diese Orte benannt hatte, waren Zeitgenossinnen des großen, eichenen Schrankes gewesen, der in der gefliesten Diele der Disaboys-Farm stand.

»Wäre das nicht wunderbar?« meinte Mirabelle.

John Stoll, ein Buch in den Händen, hob träge den Kopf, streckte die langen, gestiefelten Beine in die Sonne und fragte: »Wäre was nicht wunderbar?«

Mirabelle sah ihn streng an.

»Nimm die Pfeife aus dem Mund, wenn du mit einer Dame sprichst.«

»Du bist keine Dame«, sagte John, zu seiner Lektüre

zurückkehrend. »Keine Schwester ist für ihren Bruder eine Dame.«

»Du bist ein vulgärer Mensch«, erwiderte Mirabelle gelassen. »Trotz des Nachteils, den zu erwähnen du die Freundlichkeit hattest, bin ich eine Dame, und es wäre wirklich wunderbar, wenn die Neue ein bißchen Romantik in unser langweiliges Dasein brächte!«

John Stoll ließ das Buch sinken und ächzte.

»Hast du die blöden Hühner gefüttert? Fällt dir wirklich nichts anderes ein, als an mir herumzunörgeln?«

Mirabelle wischte sich mit dem Unterarm Ruß von der Wange.

»Und weil wir schon von vulgären Menschen reden«, meinte John mißbilligend, »hast du kein Taschentuch, Mirabelle?«

»Sag nicht immer etwas Beleidigendes, sondern paß lieber auf, wenn ich dir was erzähle«, meinte das Mädchen, als es sich zu ihm ins Gras setzte. »Wenn ich sage: ›Ist das nicht wunderbar?‹, dann mußt du mit einem Aufschrei in die Höhe springen und erwidern: ›Donnerwetter, du hast recht, Mirabelle, es ist wunderbar!‹«

»Wenn du mich springen siehst«, erklärte ihr Bruder mit Nachdruck, »dann hat mich höchstens eine Biene gestochen.« Er sah mit schiefem Lächeln auf sie hinunter. »Was soll denn wunderbar sein?«

»Der Mieter kommt heute!«

»Ein Er oder eine Sie?«

»Ein Er«, sagte sie lachend.

»Daher die Fröhlichkeit«, meinte John Stoll, schwerfällig aufstehend. »Tja, die Kuh muß gemolken werden, der Rasen gemäht, die Ernte eingebracht, und das Obst –«

»Pfff!« machte sie verächtlich. »Das heißt also, daß du den ganzen Nachmittag schläfst!«

»Richtig getippt, meine Dame«, sagte der junge Mann zufrieden und klopfte seine Pfeife aus.

»Das viele Schlafen ist für die Leber schädlich.«

»Ich war die ganze Nacht auf und hab' mich um den treuen Giles gekümmert«, sagte er sofort.

»Quatsch! Der treue Giles hat nichts Romantischeres als Frostbeulen –«

»Sag ihm das ins Gesicht«, erklärte John Stoll dramatisch. »Da schau, schon kommt er – und den Schüchternen Anbeter hat er auch dabei.«

Giles, der in Wirklichkeit Brown hieß – noch dazu Eustace Brown –, gehörte zu jenen Männern unbestimmten Alters, die man oft in ländlichen Gegenden findet. Er hatte die Haut eines Kindes und den Bart eines Patriarchen. Seine Schritte waren von jener würdevollen, gemessenen Art, wie sie Naturliebhabern zu eigen ist, und die Hemdsärmel hatte er immer aufgekrempelt, Winter wie Sommer trug er nur eine halb zugeknöpfte Weste und eine silberne Taschenuhr, deren Hauptzweck darin bestand, ihm das Ende der Arbeit anzuzeigen.

In respektvollem Abstand folgte ihm der Schüchterne Anbeter. Der Schüchterne Anbeter hätte es niemals gewagt, voranzugehen, nicht einmal bei Eustace Brown. Er war ein kleiner Mann mit rundem, verängstigtem Gesicht, der stets den Hut in der Hand, und, wie es Mirabelle erschien, das Herz auf der Zunge trug. Er wohnte im ›Sussex Arms‹, dem einzigen Hotel, dessen sich der Ort rühmen konnte, und er besaß, wofür er sich ständig zu entschuldigen schien, einen Ford. Mirabelle hegte den Verdacht, daß Mr. Walter James sofort auf sein Besitzerrecht verzichtet hätte, wenn irgend jemand kühn genug gewesen wäre, Ansprüche darauf anzumelden.

»Guten Morgen, Mr. James«, sagte John.

Der Schüchterne Anbeter nickte verlegen.

»Ich hab' mir gedacht, schaust mal vorbei«, meinte er unsicher. »Guten Morgen – guten Tag, Miss Stoll. Wie geht's den Hühnern?«

Er erkundigte sich stets nach den Hühnern, das hielt er noch für das Sicherste.

»Den Hühnern geht's großartig«, erwiderte Mirabelle ernsthaft. »Heute früh sind neue Küken ausgeschlüpft. Möchten Sie die Kleinen sehen?«

»Mit Vergnügen«, sagte der junge Mann eifrig und begleitete sie zu dem Grundstück, das John Stoll mit Stolz als seine Hühnerfarm zu bezeichnen pflegte.

»Na, Giles, wo haben Sie Mr. James gefunden?«

»Nicht zu glauben, Sir, aber er war den ganzen Nachmittag mit mir zusammen. Ich habe noch nie einen so nervösen Menschen gesehen. Der Wirt vom ›Sussex Arms‹ ist ganz außer sich.«

»Woher wissen Sie, was er gesagt hat?« fragte John streng.

»Auf dem Weg zum Ort hab' ich schnell hineingeschaut«, sagte Giles hastig.

»Und worüber regt er sich auf?« fragte sein Arbeitgeber.

»Mr. James ist so nervös, daß er im Ort drei Riegel gekauft und sie an seiner Schlafzimmertür angeschraubt hat. Der Wirt ärgert sich, weil er meint, daß bei ihm noch nie was weggekommen sei.«

»Hat er Angst vor Nicodemus?« fragte John plötzlich, dem ein Licht aufging, und Giles nickte eifrig.

»Genau, Sir. Ich hab' ihm gesagt, daß er von Nicodemus nichts zu fürchten hat. Der steigt nur in die feinen Villen ein. Und was hat er schon groß zu verlieren? Nur sein altes Auto, für das er sowieso keine fünf Pfund mehr bekommt!«

Die Aktionen Nicodemus' in der Grafschaft Sussex beanspruchten zu dieser Zeit die ganze Aufmerksamkeit der örtlichen Polizeibehörde. Nicodemus war ein Einbrecher mit Humor. Seine Späße interessierten die Polizei jedoch weniger als die Tatsache, daß er ein sehr tüchtiger Fachmann war und mit viel Glück, einer Leiter und erstaunlicher Geschicklichkeit Schmuck, Geld und sonstige Wertsachen in seinen Besitz zu bringen wußte, soweit die Bürger von Sussex nicht besondere Vorkehrungen dagegen trafen.

Jedesmal hinterließ er auf einem Spiegel eine mit Seife hingekritzelte, witzig gemeinte Nachricht, unterschrieben ›Nicodemus‹.

»Ich glaube, daß Mr. James sich da unnötige Sorgen macht«, sagte John. »Unser Freund Nicodemus hat hier sehr ergiebige Jagdgründe gefunden. Er wird uns wohl kaum behelligen.«

Zur selben Zeit versuchte Mr. James dem jungen Mädchen seinen Gemütszustand darzulegen.

»Ich bin von Natur aus nervös, Miss Stoll«, sagte er mit schwankender Stimme. »Eigentlich wollte ich nur aufs Land, um mich einmal von den geschäftlichen Sorgen und anderen Schwierigkeiten loszumachen. Ich bin kaum hier, da hör' ich schon, daß ein gefährlicher Einbrecher sein Unwesen treibt, ich also zu gewärtigen habe, daß er mitten in der Nacht in meinem Zimmer auftaucht – furchtbar!«

Er wischte sich die Stirn.

»Aber in Ihr Hotel wird er doch bestimmt nicht kommen, Mr. James«, meinte das Mädchen, dem es schwerfiel, das Lachen zu verbeißen.

»Ich weiß nicht, ich weiß wirklich nicht. Wenn er nun doch kommt? Schließlich sind außer mir nur noch der Wirt, der schon nicht mehr zu den Jüngsten zählt, und der Kellner da, auch ein alter Mann! Ich habe erst heute früh darüber nachgedacht, Miss Stoll, und wollte Sie um einen großen Gefallen bitten. Ich weiß nur nicht, wie ich anfangen soll.«

Wollte er sich Johns Gewehr ausleihen? Sie schwebte nicht lange im Zweifel.

»Der Wirt vom ›Sussex Arms‹ hat mir erzählt, daß Sie den Sommer über normalerweise einen – na ja, um es kurz zu sagen, einen Untermieter aufnehmen.«

»Da kommen Sie leider schon zu spät, Mr. James«, erwiderte das Mädchen. »Wir vermieten gelegentlich ein Zimmer, aber das ist schon für den nächsten Monat vergeben.«

Er starrte sie enttäuscht an.

»An eine Dame?«

»Nein, an einen Herrn«, sagte sie, »einen Mr. Arthur Salisbury. Ein Bekannter in Horsham hat ihn uns vermittelt.«

»Das tut mir leid«, sagte der schüchterne Anbeter, »sehr leid.«

Aber sein Gesicht hellte sich auf.

»Kann nicht schaden, wenn noch ein kräftiger Mann in der Nähe wohnt. Darf ich die Blume haben, die Ihnen da gerade hinuntergefallen ist, Miss Stoll?« fragte er.

Die Schüchternheit ihres Bewunderers amüsierte Mirabelle meistens, gelegentlich war sie aber auch Anlaß zur Verlegenheit.

»Wollen Sie nicht zum Essen kommen und ihn kennenlernen?« fragte sie hastig.

»Nichts lieber als das, aber ich hab' einfach Angst vor dem Nachhauseweg. Es ist so dunkel, und auf der Straße begegnet man keinem Menschen. Hoffentlich verachten Sie mich nicht, Miss Stoll, aber ich bin sehr nervös. Dagegen kann man einfach nichts machen.«

»Sie müssen sich eben überwinden—«, meinte sie.

»Das hab' ich schon versucht«, sagte er lebhaft. »Seit zwei Tagen will ich immer meinen ganzen Mut zusammennehmen, um – um Ihnen etwas zu sagen.«

Seine Stimme klang heiser.

»Und jetzt schauen wir uns die Ferkel an«, sagte Mirabelle prompt.

Der Mieter kam am Nachmittag; er hatte sich mit dem Taxi vom Bahnhof Melbury herbringen lassen. Sein Gepäck bestand aus einem großen Koffer, der so schwer war, daß sich Giles bitter darüber beklagte.

Mirabelle hielt sich im Garten hinter dem Haus auf und hörte ihn nicht kommen. Erst als ein Schatten übers Gras glitt, hob sie erschrocken den Kopf und sah einen großen jungen Mann vor sich. Er war glattrasiert und machte einen etwas unheimlichen Eindruck, obwohl sie sich eingestand, daß er recht gut aussah.

»Ich heiße Salisbury«, sagte er kurz. »Soviel ich weiß, ist hier ein Zimmer für mich reserviert.«

Sie erhob sich, ein wenig verwirrt und verärgert, weil er gar so selbstsicher auftrat, denn alle die jungen männlichen Feriengäste, die hier bisher aufgetaucht waren, hatten Jugend und Schönheit ihrer Vermieterin mit deutlicher Überraschung und großer Dankbarkeit zur Kenntnis genommen. Sie waren es, die sich verwirrt zeigten, sie, die darauf verzichteten, sich das Zimmer zeigen zu lassen, weil es für sie keinen Zweifel gab, daß es ein wahres Paradies sein mußte; sie, die sich dafür entschuldigten, daß sie es wagten, hier einzudringen und als Störenfriede aufzutreten; sie, die voll Verzükkung die Vorzüge der Gegend rühmten und sich vor Begeisterung nicht zu fassen wußten, wenn man sie schließlich in ihr Zimmer führte; sie, die es bedauerten, nicht ein Jahr, oder besser gar zwei Jahre bleiben zu können.

Mr. Salisbury dagegen reagierte gelassen auf die Schönheiten der Umgebung und die Vorzüge der jungen Dame. Er betrachtete das Zimmer mit kritischem Blick und verlangte sofort, daß man das Bett umstellen müsse.

»Ich schlafe fast den ganzen Tag«, sagte er, »und bin nachts unterwegs, um Glühwürmchen zu suchen. Ich bin Naturforscher.«

»So!« sagte Mirabelle hochmütig. »Das wird sich aber mit unserem Tagesablauf schwer vereinbaren lassen.«

»Ich wünsche nur eine Abendmahlzeit und gegen drei Uhr Nachmittag eine Tasse Tee«, erklärte der Feriengast. Jetzt erst schien er sie richtig ins Auge zu fassen, denn sie entdeckte einen neuen Ausdruck in seinem Blick, der Bewunderung oder zumindest Interesse zu verraten schien.

»Er ist Insektensammler und hat sich auf Glühwürmchen spezialisiert«, berichtete sie John. »Er schläft den ganzen Tag und treibt sich während der Nacht draußen herum.«

»Dann könnten wir uns ja mal begegnen«, meinte John sarkastisch. »Aber im Ernst, Mirabelle, das ist genau der richtige Feriengast für uns. Wenn ihm mal langweilig ist, brauchen wir nur ein Glas voll Glühwürmchen zu sammeln und sie in seinem Zimmer freizulassen.«

Der neue Gast saß an diesem Abend zum erstenmal mit am Tisch, blieb aber sehr einsilbig. Mirabelle atmete auf, als die Mahlzeit vorbei war. Das Gespräch hatte sich mühsam dahingeschleppt. Mr. Salisbury gestand, die Gegend nicht zu kennen, und Mirabelle gab ihm die nötigen Informationen.

Von der Nähe gesehen, wirkte er nicht mehr so unheimlich, aber er hatte eine merkwürdige Angewohnheit – von Zeit zu Zeit lachte er in sich hinein, während John und Mirabelle sich betreten anstarrten.

»Ich finde ihn ziemlich gewöhnlich«, sagte Mirabelle, als er sich, bewaffnet mit einem Schmetterlingsnetz an einer langen weißen Stange, auf einen Erkundungsgang begeben hatte. John Stoll mußte ihr recht geben.

Sie war zufällig wach, als Mr. Salisbury zurückkehrte. Sie hörte Schritte auf dem Kiesweg, trat ans Fenster und schaute hinaus. Am Horizont begann es schon zu dämmern, und sie sah die dunkle Gestalt vor dem schwärzlichen Hintergrund des Gartens heranschleichen. Sie hätte schwören mögen, daß er eine Tasche bei sich trug.

Er ging so leise die Treppe hinauf, daß sie ihn nicht hören konnte, bis er sein Zimmer betrat.

Mr. Salisbury tauchte erst wieder um fünf Uhr nachmittags auf, als sie im kühlen Wohnzimmer Tee tranken. Er wirkte ein wenig müde, nickte John zu und schenkte Mirabelle ein Lächeln.

»Wie war denn die Insektenjagd?« fragte John.

»Sehr erfolgreich«, erwiderte Mr. Salisbury. »Ich habe drei oder vier ganz neue Arten entdeckt.«

Er ließ die gewohnte Begeisterung des Insektenforschers vermissen und zeigte seine Beute auch nicht vor, sondern wechselte abrupt das Thema. Das fiel ihm nicht allzu schwer, weil der Schüchterne Anbeter seine Aufwartung machte.

Mr. James brachte eine aufregende Nachricht mit.

»Gestern abend ist in Sir John Bowens Haus eingebrochen worden«, sagte er empört. »Schon wieder dieser Nicodemus!«

»Gestern nacht!« entfuhr es Mirabelle, und John sah zu seiner Überraschung, daß seine Schwester blaß wurde.

»Ja, gestern nacht – das heißt, heute früh gegen zwei Uhr. Der Butler hörte ein Geräusch und stellte fest, daß die Tür zum Eßzimmer aufgesprengt und der Safe geöffnet worden war. Sir Johns goldene Renntrophäen fehlten. Der Dieb scheint gestört worden zu sein, denn er trat so hastig den Rückzug an, daß er einen langen, weißen Stock auf dem Rasen zurückließ. Die Polizei verfolgt schon eine Spur.«

Mirabelle erinnerte sich an den langen Griff des Schmetterlingsnetzes und vermied es, ihren Feriengast anzusehen.

»Warum nennt man ihn Nicodemus?« fragte Mr. Salisbury gelassen. John und der schüchterne Anbeter erklärten es ihm genauer. Mirabelle schwieg.

»Ich hatte keine Ahnung, daß man hier mit Einbrechern rechnen muß«, meinte Salisbury langsam. »Vielleicht war ich ein bißchen unvorsichtig.«

Er nahm ein flaches Lederetui aus der Jackett-Tasche und klappte es auf. Mirabelle war entgeistert. Auf blauem Samt lag eine wunderbare Brillantenbrosche, das schönste Schmuckstück, das sie je gesehen hatte.

»Ich bin nicht nur Naturforscher, sondern auch Juwelier«, erklärte Mr. Salisbury, »und ich habe das hier mitgebracht, um in der Freizeit eine neue Fassung anzufertigen. Es ist aber doch wohl besser, wenn ich das Schmuckstück an einen sicheren Platz bringen lasse.«

Die Kühnheit und Gelassenheit des Mannes benahmen Mirabelle den Atem. Genau dieses Schmuckstück war Mrs. Staines-Waltham gestohlen worden. Sie hatte das Foto ja selbst gesehen!

»Es hat einen Wert von mindestens zwanzigtausend Pfund«, sagte Salisbury nachdenklich, während er das Etui wieder einsteckte. »Unter meinem Kopfkissen ist es wohl nicht sicher genug.«

Mirabelle entschuldigte sich bei der ersten Gelegenheit und ging in den Garten hinaus. Sie mußte nachdenken. Sie würde John klarmachen müssen, daß die nächtlichen Aktivitäten ihres Feriengastes sinistre Hintergründe hatten.

Was war in der Tasche gewesen, die er mitgebracht hatte? Impulsiv kehrte sie ins Haus zurück, lief die Treppe hinauf und versuchte mit pochendem Herzen, die Tür zu seinem Zimmer zu öffnen. Sie war verschlossen. Auch ein Blick durch das Schlüsselloch brachte nichts ein. Hatte er vor, diese Nacht wieder loszuziehen? Jedenfalls konnte sie dann sein Zimmer in aller Ruhe durchsuchen.

Als sie in den Garten zurückkkam, stand dort der Schüchterne Anbeter, den Hut in der Hand, und roch verlegen an einer langstieligen Rose.

»Ich mag diesen Mann nicht«, sagte Mr. James kühn.

»Sie meinen Mr. Salisbury?«

Er nickte mehrere Male.

»Irgend etwas stimmt mit ihm nicht«, sagte er ernsthaft, »das können Sie mir glauben. Er hat mir eben erzählt, Nicodemus müsse ein Mann namens Jumpy Drake aus Australien sein. Die ganze Zeit hat er gelacht und Unsinn geredet – wirklich, Miss Stoll, man hat beinahe den Eindruck, als sympathisiere er mit diesem Einbrecher. Im Ernst! Es gefällt mir gar nicht, daß er bei Ihnen im Haus wohnt.«

Er starrte das Haus wütend an, als könne er den Architekten von Schuld nicht ganz freisprechen.

»Er hat das Zimmer neben mir«, meinte Mirabelle bedrückt.

»Um Gottes willen!« ereiferte sich der Schüchterne Anbeter. »Halten Sie es nicht für zweckmäßig, daß ich einstweilen hier übernachte, Miss Stoll? Ich kann mir bei meinem Wirt bestimmt ein Gewehr ausborgen. Oder vielleicht sollte ich lieber im Garten übernachten, unter Ihrem Fenster?«

Er deutete hinauf, und Mirabelle gedachte nicht, ihn von seinem Irrtum zu befreien.

Ungeduldig erwartete sie den Weggang des Feriengastes. Das Essen war eine Qual für sie. Als er, statt sich auf sein Zimmer zu begeben, in den Garten kam, um mit ihnen Kaffee zu trinken, war sie fast verzweifelt.

Er schien es nicht eilig zu haben und gab sich überaus gesprächig. Sie beobachtete ihn heimlich, und es gab ihr einen Stich, wenn sie an sein Schicksal dachte.

Ein gutaussehender Mann! Sie konnte gar nicht mehr verstehen, wieso er ihr bei der ersten Begegnung unheimlich vorgekommen war.

Er war auch noch sehr jung – höchstens Mitte Dreißig. Wirklich schade! Er tat ihr leid, aber sie schämte sich dieser Schwäche. Dieser Mann war ein Verbrecher, eine Gefahr für alle seine Mitmenschen, noch dazu besaß er die Frechheit, unter ihrem Dach zu hausen.

Plötzlich fiel ihr ein, welche Folgen seine Verhaftung nach sich ziehen würde. Wie schrecklich, dachte sie. Sie würde vor Gericht auftreten und gegen ihn aussagen müssen – wahrscheinlich hatte sie auch dabeizusein, wenn man ihn ins Gefängnis schickte.

Sie erhob sich betroffen und ging ans Gartentor.

Kurze Zeit später kam er mit dem Schmetterlingsnetz heran.

»Gehen Sie fort, Mr. Salisbury?« fragte sie leise.

»Ja, ich habe noch allerhand vor. Ich komme spät zurück. Die Glühwürmchen schwärmen ja immer sehr spät aus.«

Sie unterdrückte ein Schluchzen und sagte: »Ich

hoffe, daß sie überhaupt nicht ausschwärmen, Mr. Salisbury – um Ihretwillen.«

Er drehte sich um.

»Wie meinen Sie das?« fragte er.

»Das hat nichts zu bedeuten – aber ich glaube zu wissen, wer Sie sind«, sagte sie. »Finden Sie nicht, daß das Risiko zu groß ist?«

Er runzelte die Stirn und sah sie eine Zeitlang stumm an.

»Danke«, sagte er schließlich und marschierte davon.

Sie sah ihm nach, bis er hinter einer Biegung verschwunden war. Dann kehrte sie zu ihrem Bruder zurück.

»John«, sagte sie, »weißt du, wer Mr. Salisbury ist?«

»Ich weiß nur, daß er Insektenforscher und Juwelier ist, für mein Gefühl eine recht merkwürdige Kombination«, meinte John.

»Stell dich doch nicht so an, John! Mr. Salisbury ist Nicodemus!«

John sprang auf.

»Nicodemus! So ein Unsinn!« schrie er. »Er soll der Einbrecher sein?«

Sie nickte.

»Ich weiß es schon seit heute früh. Ich habe ihn heimkommen sehen.«

John Stoll pfiff durch die Zähne.

»Er war die ganze Nacht unterwegs, richtig, und bei Bowens ist eingebrochen worden! Ich glaube fast, du hast recht.«

»Das können wir leicht feststellen«, sagte sie. »Als er heute früh zurückkam, hatte er eine Tasche dabei, und den ganzen Tag über war sein Zimmer abgesperrt. John, hol eine Leiter.«

»Was hast du denn vor?«

»Ich will sein Zimmer durchsuchen. Die Tür ist abgesperrt.«

»Weiß er, daß du ihn erkannt hast?«

Sie nickte.

»Ich habe es ihm vor ein paar Minuten gesagt«, erwiderte sie. »Ich habe sogar versucht, ihn zu warnen. Er wird bestimmt nicht zurückkommen.«

»Aber –«

»Hol die Leiter«, sagte Mirabelle, und ihr gehorsamer Bruder entfernte sich, um ein paar Minuten später mit der Leiter zurückzukehren.

»Ich durchsuche das Zimmer«, sagte Mirabelle mit Entschiedenheit. »Du hältst die Leiter, John – oder geh lieber zum Tor. Wenn er zurückkommt, sagst du mir Bescheid.«

»Keine schlechte Idee«, meinte John.

Sie stieg die Leiter hinauf und sprang in das Zimmer. Er hatte das Bett selbst gemacht und schien grundsätzlich auf peinliche Sauberkeit zu achten. Nirgends war etwas Verdächtiges zu sehen. Sie öffnete die Schränke. Im ersten fand sie nichts. Dann öffnete sie die Tür des zweiten und trat entgeistert einen Schritt zurück.

Eine große Tasche stand auf dem Boden. Sie nahm sie heraus, klappte sie auf – und sah ihre schlimmsten Befürchtungen bestätigt: eine ganze Sammlung von goldenen Trophäen.

Sie ging zum Fenster und winkte John.

»Ich hab' die Tasche gefunden – alles ist da. Die

Trophäen von Major Bowen – oh, John, es ist furchtbar!«

»Wir müssen gleich die Polizei verständigen«, meinte John, aber sie hielt ihn zurück.

»Warten wir bis morgen früh«, drängte sie. »Vergiß nicht, daß er unser Gast ist und seine Miete im voraus bezahlt hat.«

»Aber inzwischen hat er sich doch längst dünnegemacht«, protestierte ihr Bruder.

»Das geht uns nichts an. Wir müssen warten, bis er zurückkommt. Er wird natürlich nie wieder auftauchen, und morgen früh können wir dem Sergeant Bescheid sagen.«

Sie gab nicht nach.

Es wurde zwölf Uhr, aber der Mieter ließ sich nicht blicken. John ging zu Bett und versprach, die ganze Nacht wachzubleiben. Als Mirabelle eine Stunde später an seinem Zimmer vorbeikam, hörte sie lautes Schnarchen.

Es wurde ein Uhr, es wurde zwei Uhr, und obwohl sie davon überzeugt war, daß der Einbrecher nicht zurückkehren würde, legte sie sich angezogen aufs Bett, voll der besten Absichten wie ihr Bruder. Fünf Minuten später schlief sie fest.

Mitten in der Nacht wurde sie wach. Sie schaute zum offenen Fenster, aber es war noch ganz dunkel. Draußen regnete es. Sie legte sich wieder zurück und schloß die Augen.

Plötzlich fuhr sie hoch. Jemand war im Zimmer. Jemand stand neben ihrem Bett.

»Wer ist da?« stieß sie hervor.

Sie hörte einen halblauten Ausruf, dann hastete

jemand zur Tür. Mutig stürzte sie dem Eindringling nach.

»Was tun Sie in meinem Zimmer?« fauchte sie und packte den Einbrecher am Kragen.

Zwei Hände schlossen sich um ihren Hals.

»Maul halten!« herrschte sie die Stimme an. »Wenn Sie Lärm schlagen, bring' ich Sie um.«

Sie wehrte sich verzweifelt, aber ohne Erfolg.

Mit einemmal lockerten sich die Finger um ihren Hals, der Angreifer wich zurück, und sie sah am offenen Fenster einen Mann auftauchen.

»Sie sind verhaftet, Jumpy«, sagte eine Stimme, und der Lichtkegel einer Stablampe stach durchs Zimmer.

»Na so was!« rief Mirabelle.

Der Lichtstrahl schien den Einbrecher an der Wand festgenagelt zu haben: es war der Schüchterne Anbeter!

»In Australien nannte man ihn nur den nervösen Drake. Er gab sich immer besonders feige und schüchtern. In Scotland Yard traf erst vor kurzem eine genaue Beschreibung ein, und wir begannen, Sussex nach einem Mann abzusuchen, der besonders furchtsam auftrat. Es dauerte natürlich nicht lange, bis wir Mr. James gefunden hatten. Ich dachte mir schon, daß er bei Major Bowen einsteigen würde und habe ihn abgepaßt – aber er entwischte mir. Er ließ seine Beute fallen, und ich nahm sie mit nach Hause, weil ich natürlich nicht in alle Welt hinausposaunen wollte, daß ich Polizeibeamter bin. Sir William Bowen ließ ich natürlich Mitteilung zukommen, daß sein Eigentum in sicheren Händen war – zumindest so lange, bis irgendein neugieriger Mensch durchs Fenster einzusteigen beliebte –«

»Das ist gemein«, sagte Mirabelle. »Es ging mir ja schließlich nur um die Gerechtigkeit.«

Salisbury lachte.

»Ich finde Sie wunderbar«, sagte er.

»Aber warum ist er in mein Zimmer eingestiegen?« fragte sie.

»Das hat mich auch gewundert. Ich dachte, er wird bei mir einbrechen, weil ich ihm schon mit Vorbedacht ein Schmuckstück gezeigt hatte, das zu stehlen sich lohnte. Es war natürlich nur eine Nachahmung. Wahrscheinlich hat er sich im Zimmer geirrt.«

Mirabelle seufzte.

»Untermieter haben wir jetzt auch keinen.«

»Da bin ich anderer Meinung«, sagte Inspektor Salisbury von Scotland Yard. »Ich habe mir vier Wochen Urlaub genommen und bin wirklich Naturforscher. Interessieren Sie sich für Glühwürmchen?«

Und nichts als die Wahrheit . . .

Vor sechs Jahren verfolgte ich in dem muffigen, kleinen Gerichtssaal im Old Bailey eine Schwurgerichtsverhandlung. Es ging um Mord. Ich war von Anfang an dabei – als ein Gerichtsbeamter mit monotoner Stimme die alte Formel verlas:

> Daß Ihr ohne Vorurteil und Parteilichkeit
> Vor diesem Gerichtshof im Namen der Königin
> Ein wahres Urteil finden möget,
> So wahr Euch Gott helfe –

bis der Richter ein schwarzes Seidentuch auf seine Perücke legte, den Mann auf der Anklagebank über seine Brille hinweg anstarrte und erklärte: »Schuldig . . . Das Gesetz läßt nur ein Strafmaß zu . . . Tod durch den Strang . . . Begräbnis im Gefängnisfriedhof . . . Gott sei Ihrer Seele gnädig . . .«

Ich sah, wie der Gefangene fortgeführt wurde – und mich fröstelte, denn ich war einer der zwölf Geschworenen, die ihn in den Tod geschickt hatten.

Einige Zeit später unterhielt ich mich mit einem guten Bekannten, Wachtmeister Lee, über die schwere Verantwortung der Geschworenen, und er hörte sich meine Bemerkungen geduldig an.

Vielleicht hatte ich mich ein bißchen zu überschwenglich ausgedrückt, denn Wachtmeister Lee lächelte.

»Ich spreche nicht gern über Zufälle«, meinte er, als ich fertig war, »weil es im Leben meistens viel toller zugeht als in den Romanen, und manche Menschen oft nicht glauben wollen, was man so alles erlebt.

Was ist ein Zufall? Wenn man zum Beispiel in der Ortschaft Lee in Kent verhaftet wird, und der Wachtmeister heißt Lee, der Richter heißt Lee – dann ist das ein recht merkwürdiges Zusammentreffen, das die meisten Romanschreiber wohl nicht in einem Buch riskieren würden. Es gibt aber eigentlich keinen Grund, warum der Held einer Geschichte nicht Smith heißen sollte, der Schurke ebenfalls Smith, und das Mädchen, um das die beiden raufen, auch Smith. Das wäre einfach zu monoton und zu lebensecht.

Der Fall Sobbity zum Beispiel ist mir noch gut in Erinnerung, weil da auch Dinge passiert sind, über die man sich nur wundern kann.

Chimmy Sobbity war ein Gauner, noch dazu ein ganz übler. Ein ausgesprochen harter und ekelhafter Bursche, vor dem man sich in acht nehmen mußte. Man hatte ihn ein- oder zweimal geschnappt, aber zu einer Verurteilung reichte es nie. Wir hatten einfach nicht genug Beweismaterial.

Nach außen hin gab sich Sobbity sehr solide. Er wohnte in einem sauberen, ordentlichen Haus, bezahlte dreißig Pfund im Jahr Miete, hatte die besten Sachen auf dem Tisch – aber von Arbeit hielt er nichts.

Ich verstand mich ganz gut mit ihm – er grüßte mich höflich und unterhielt sich auch mit mir, wenn sich die Gelegenheit dazu ergab.

›Na. Chimmy‹, sag’ ich eines Abends zu ihm, ›ich hab’ gehört, daß sie dich neulich geschnappt haben.‹

›Ja, Mr. Lee‹, sagte er und lacht, ›weil mich einer verpfiffen hat.‹

Ich wußte schon, worauf er hinauswollte. Man redet ja die ganze Zeit davon, daß die Verbrecher einen eigenen Ehrenkodex haben – und das stimmt auch zum Teil, aber oft geht es dann andersherum.

Chimmy war, wie ich schon erwähnt habe, nicht sehr populär, weder bei der Polizei noch bei seinen Kollegen. Erstens hat er die Fäuste bei jeder Gelegenheit fliegen lassen, und zweitens war er zu geizig. Es gab also ziemlich viele Leute, die ihn gerne im Gefängnis gesehen hätten.

Der Mann, der ihn am meisten haßte, war ein Kerl namens Tiddly Parkes. Tiddly hat selber nicht viel getaugt. Er war mindestens ein dutzendmal vorbestraft und nicht nur wegen Einbruchdiebstahls.

Das Ganze ging eines Abends in einem Gasthof los, wo Chimmy sein Bier zu trinken pflegte. Tiddly machte sich an ihn heran.

Er versuchte Chimmy klarzumachen, daß er doch schließlich sein bester Freund sei, aber Chimmy stieß ihn weg.

›Hau ab‹, sagte Chimmy, ›und wenn du mich noch einmal anrührst, hau’ ich dir die Knochen kaputt.‹

Tiddly ärgerte sich.

›Ich bin wohl nicht genausoviel wert wie du?‹ meinte er.

›Nee‹, sagte Chimmy, ›bild dir das bloß nicht ein.‹

Er hat sich noch weiter über Tiddlys Lebensweise ausgelassen, und der Abend endete recht unerfreulich.

Ich erfuhr auf Umwegen, daß Tiddly sich geschworen hatte, Chimmy Sobbity hereinzulegen, und wunderte mich gar nicht, als Tiddly eines Abends zu mir kam und sich erkundigte, ob ich nicht einen Tip brauchen könnte. Er setzte mir auseinander, daß Sobbity zu einer Bande von Einbrechern gehöre, die in Clapham einen großen Fischzug gemacht hatte.

›Er hat das Zeug zu Hause liegen‹, erklärte mir Tiddly.

Ich hab's natürlich gemeldet, aber meine Vorgesetzten waren nicht besonders begeistert. Erst vier Wochen vorher hatten wir Chimmy festgenommen und standen da wie die begossenen Pudel, als der Richter Sobbity wegen Mangels an Beweisen freiließ.

Wir besorgten uns trotzdem einen Haftbefehl, durchsuchten sein Haus und fanden zu unserer Überraschung im Garten einen Sack mit gestohlenen Sachen.

Chimmy wurde natürlich sofort verhaftet, obwohl er behauptete, er wisse von der ganzen Sache nichts und sei genauso überrascht wie wir.

›Daß Sie's nur wissen, Mr. Lee‹, sagt er zu mir, ›ich steig' nirgends ein. Ich bin Taschendieb.‹

Ich habe mich nicht darum gekümmert. Chimmy war schon lange dran, und daß die Kerle lügen, weiß jeder Mensch.

Am meisten interessierte sich für die Verhaftung der gute Tiddly. Er war vor Freude außer sich, obwohl ich das einfach nicht verstehen konnte. Ich meine, er war ein Gauner, aber ich hab' wirklich nicht gewußt, wie gemein er sein konnte.

Das Merkwürdigste war, daß er mich dauernd mit Fragen belästigte.

›Meinen Sie, daß er noch in dieser Woche drankommt?‹ sagt er besorgt.

›Ich glaub' schon, Tiddly‹, geb' ich zurück.

›Wird die Verhandlung bestimmt nicht mehr verschoben?‹

›Ich kann mir das nicht vorstellen, aber was zerbrechen Sie sich den Kopf darüber? Sie sind doch nicht als Zeuge geladen?‹

Tiddly wollte nicht mit der Sprache heraus, und jetzt zerbrach ich mir den Kopf – allerdings ohne Erfolg.

Bei der nächsten Verhandlung kam Chimmy vor den Polizeirichter, und man überstellte ihn nach Nord-London.

Als Tiddly das hörte, war er ganz begeistert. Er rieb sich die Hände.

Mir gefällt so was nicht, deswegen hab' ich ihn ein bißchen scharf angefaßt.

›Tiddly‹, sag' ich, ›ich bin sehr erstaunt, daß Sie sich so aufführen. Wissen Sie nicht, daß noch gar nicht feststeht, ob Chimmy verurteilt wird?‹

›Aber wieso denn, Mr. Lee‹, meint Tiddly interessiert.

›Weil wir den Besitzer von den Sachen nicht gefunden haben‹, erklär' ich ihm. ›Man kann schließlich niemand verurteilen, wenn man so wenig Material hat wie wir.‹

Tiddly war ein bißchen aufgeregt, als er das hörte, und zog nachdenklich ab.

Da muß ich übrigens noch erwähnen, daß Tiddly schon eine ganze Weile als anständiger Mensch galt. Er hatte sich fünf Jahre lang nichts mehr zuschulden kommen lassen. Die Leute hielten ihn für einen der wenigen Gauner, die anständig geworden sind.

Ich war nicht wenig überrascht, als unser Inspektor mir auftrug, ein bißchen auf ihn zu achten.

Der Inspektor lächelte dabei vor sich hin.

›Was hat er denn getan?‹ fragte ich verblüfft.

›Nichts, Lee‹, erwiderte der Inspektor, ›aber ich glaube, daß er irgendwas im Schild führt.‹

Ich wollte ihn nicht mit Fragen belästigen und wartete einfach ab.

Einige Zeit später kam Sobbity in Nord-London vor Gericht.

Man rief die Geschworenen auf.

›Thomas Parkes‹, rief der Gerichtsbeamte, und was meinen Sie, wer in die Geschworenenbox geht? Der gute Mr. Tiddly, mit sauberem Kragen und schüchternem Lächeln.

Jetzt war mir alles klar. Irgendwie hatte er es fertiggebracht, sich in die Jury berufen zu lassen.

Ich war noch ganz durcheinander, als er auch schon die Hand auf die Bibel legte und den Eid leistete. Der Richter kam herein, und man rief den ersten Fall auf – die Krone gegen Sobbity.

Ich sah, wie Chimmy die Geschworenen der Reihe nach besichtigte. Als er Tiddly erkannte, zuckten seine Mundwinkel.

Der Staatsanwalt war mit der Anklagerede halb fertig, als Tiddly, der schon die ganze Zeit auf dem Sitz herumgerutscht war, sich vorbeugte und sagte: ›Schon gut, Mylord – er ist schuldig, was, Kollegen?‹

Der Richter war ebenso entsetzt wie der Staatsanwalt.

›Schweigen Sie, Sir‹, sagte Seine Lordschaft streng.

›Wieso denn? Wozu sitz' ich denn als Geschworener herum, wenn ich nicht sagen darf, daß er schuldig ist?‹

Die anderen Geschworenen brachten ihn zum Schweigen, und die Verhandlung wurde fortgesetzt, nachdem der Richter erklärt hatte, er werde Tiddly ins Gefängnis schicken, wenn er den Mund nicht halten könne.

›Nach der Aussage des Angeklagten‹, fuhr der Staatsanwalt fort, ›sollen die bei ihm gefundenen Silberwaren von ihm selbst auf dem Trödelmarkt erstanden worden sein. Er habe ihren Wert nicht erkannt und sie deshalb im Garten liegenlassen.‹

›Glauben Sie das ja nicht, Mylord‹, sagt Tiddly und springt auf, ›glauben Sie ihm kein Wort!‹

›Sind Sie jetzt endlich ruhig?‹ donnert der Richter. ›So etwas ist mir in meinem ganzen Leben noch nicht vorgekommen!‹

Die Verhandlung wäre beinahe vertagt worden, aber nachdem er ruhig geworden war, machte ich meine Aussage.

Nach mir kam der Inspektor dran und sagte aus, der Besitzer der Silberwaren sei nicht gefunden worden.

Dann trat ein Zeuge für Chimmy auf – ein Trödler, der sich mit allem Möglichen abgibt.

Der Kerl erklärte, er erinnere sich, vor ungefähr einem Jahr ein paar Sachen an Chimmy verkauft zu haben, aber er könne nicht mehr beschwören, was das im einzelnen gewesen sei. Vielleicht Kerzenständer aus Messing oder ein paar Stallampen, er wisse es einfach nicht.

Während er aussagte, rutschte Tiddly ungeduldig hin und her. Als er den Zeugenstand verließ, sagte Tiddly:

›Halt mal! Kann ich dem jungen Mann ein paar Fragen stellen, Mylord?‹

›Ja‹, sagt der Richter kurz angebunden.

›Schön‹, sagt Tiddly. ›Jetzt möcht' ich Sie fragen, wieviel Ihnen Chimmy Sobbity bezahlt hat, daß Sie hier aussagen?‹

›Halt!‹ schreit der Richter wütend. ›Eine solche Frage ist nicht zulässig. Ich habe noch nie einen Geschworenen mit derartigen Vorurteilen gesehen – noch nie. Meine Herren‹, sagt er zu den Geschworenen, ›ich weise Sie an, den Angeklagten für ›nicht schuldig‹ zu erklären.‹

›Was?‹ brüllt Tiddly und tanzt hin und her.

Sie zerrten ihn mit ins Beratungszimmer. Ich weiß nicht, was sie da angestellt haben, aber nach einer halben Stunde kamen sie zurück. Tiddly blutete aus der Nase. Das Urteil lautete auf ›Nicht schuldig‹.

›Sie sind frei‹, sagt der Richter zu Chimmy.

›Ich bitte vielmals um Entschuldigung, Mylord‹, erklärt Chimmy in aller Ruhe, ›aber kann ich bitte mein Eigentum zurückhaben?‹

›Was für ein Eigentum?‹

›Die Silberwaren‹, sagt Chimmy.

Das war zuviel für Tiddly. Er sprang auf.

›Dein Silber!‹ heult er. ›Du meineidiger Schuft! Das ist mein Silber! Ich hab's dir selber in den Garten gelegt, damit sie dich endlich einlochen!‹

›Wegen Verächtlichmachung des Gerichts verurteile ich Sie zu zwanzig Tagen Gefängnis‹, erklärt der Richter. ›Sie können mit Mr. Sobbity nach Ihrer Entlassung klären, wem die Sachen gehören. Holen Sie einen Ersatzgeschworenen.‹«

Mr. Simmons' Beruf

Polizeiwachtmeister Lee wohnt mitten in Notting Dale, in einem ganz kleinen Haus bei der Arbuckle Street, und manchmal, wenn er keinen Dienst hat, besucht er mich, raucht gemütlich seine Pfeife und erzählt mir ein bißchen was von seinen Erlebnissen.

»Bei unserer Arbeit geht's ja nicht immer um Mord, Einbruch oder Großbetrügereien«, meinte Polizeiwachtmeister Lee einmal. »Das sieht nur in den Romanen so aus. Da wird geschildert, wie ein bärtiger Kriminalbeamter vergeblich nach den gestohlenen Diamanten sucht, während ein glattrasierter Privatdetektiv, der sich in seiner Freizeit an der Geige betätigt, zu Hause ausrechnet, daß der Erzbischof von Canterbury der Einbrecher gewesen sein muß. Aber im wirklichen Leben sieht es ganz anders aus. Da muß man sich mit den kleinen Sündern herumschlagen, mit den Taschendieben, Hehlern und anderen kleinen Gaunern.

Ich hab' in Uniform und in Zivil sehr viel erlebt und natürlich auch eine ganze Reihe von großen Fällen gehabt, aber die meiste Zeit schleppt man eben irgendeinen gewalttätigen Betrunkenen aufs Revier, oder man holt irgendeinen Burschen ab, der fünf Pfund gestohlen hat.

Einer der merkwürdigsten Menschen, mit denen ich zu tun gehabt habe, war ein Mann namens Simmons. Er zieht eines Tages in die Highfield Street ein, und ich bekomme den Auftrag, mich ein bißchen um ihn zu kümmern. Er war ein ganz kleiner, unauffälliger Mann, der immer eine Pfeife im Mund hatte und seiner Arbeit nachging, ohne sich mit anderen Leuten abzugeben. Er war Junggeselle, soviel ich feststellen konnte; eine alte Tante führte ihm den Haushalt.

Das Seltsame war, daß er sich mit den Kriminellen nicht eingelassen hat.

Ich hatte eine hübsche Sammlung in meinem Bezirk. Nick Moss, der sieben Jahre Zuchthaus wegen bewaffneten Raubüberfalls abgesessen hatte, Teddy Gail, fünf Jahre wegen Falschgeldherstellung, Arthur Westing, Trickbetrüger – du lieber Himmel! Ich könnte ein ganzes Buch mit den Namen füllen. .

Jedenfalls hieß es, daß er sich auf recht eigenartige Weise seinen Lebensunterhalt verdiente, und die Burschen versuchten, sich mit ihm anzufreunden – aber er wollte nichts mit ihnen zu tun haben. Das ärgerte sie.

Sie gaben sich alle Mühe, ihm hinter die Schliche zu kommen, aber aus dem brachte man nichts heraus. Gelegentlich kam einer von ihnen bei mir vorbei und lenkte unauffällig das Gespräch auf Simmons. Der Neugierigste war Nick Moss.

›Der Neue in der Highfield Street ist ein komischer Kerl, Mr. Lee‹, sagte er zu mir. ›Aus dem werd' ich nicht schlau.‹

›So?‹ sag' ich.

›Nein‹, meint Nick kopfschüttelnd. ›Glauben Sie, daß bei dem alles in Ordnung ist, Mr. Lee?‹

›Hoffentlich‹, geb' ich zurück. ›Wär' ja furchtbar, wenn ein unehrlicher Mensch in dieser braven Gegend hier die anständigen Bürger auf schlechte Gedanken brächte!‹

›Na und ob‹, sagt Nick.

Um die Wahrheit zu sagen, ich wußte genauso wenig wie Sie, was Simmons eigentlich trieb. Man hatte mir nur aufgetragen, Simmons zu beobachten, ihm aber nicht in die Quere zu kommen.

Eine Weile hielt ich ihn für einen Polizeispitzel, aber mein Vorgesetzter behauptete, das stimme nicht, und bei Scotland Yard kannte ihn auch keiner. Ich wußte nur, daß er von Zeit zu Zeit auf zwei oder drei Tage wegfuhr. Er trug immer eine kleine, braune Tasche bei sich. Mein Kollege, ein ziemlich energischer junger Mann, hielt ihn eines Abends auf, als er nach Hause kam, und wollte sich den Inhalt der Tasche zeigen lassen.

Aber er fand nichts als ein paar Butterbrote und zwei oder drei Lederriemen. Die Brote waren in das Papier einer Bäckerei aus Chelmsford gewickelt, und wir warteten auf eine Nachricht, ob in Chelmsford ein Einbruch verübt worden sei – aber nichts rührte sich.

Ich weiß nicht, ob Simmons den Vorfall gemeldet hat. Einige Tage später wurde mein Kollege jedenfalls versetzt; außerdem bekam er einen Verweis.

Ein paar Tage danach stand ich abends an der Ecke Ladbroke Grove, als eine verweinte Frau auf mich zukam.

Ich erkannte sie sofort. Sie war mit Crawley Hopper verheiratet, den wir schon ein paarmal geschnappt hatten. Er verübte grundsätzlich nur Einsteigdiebstähle.

›Mr. Lee‹, schluchzte sie, ›schau'n Sie sich mein Auge an! Die Schläge machen mir ja nichts aus, aber er hat sich eine andere gesucht!‹

›Gehen Sie doch zu Ihrer Mutter, Mrs. Hopper‹,

sage ich. ›Er säuft bestimmt irgendwo, und morgen tut es ihm leid.‹

›Es tut ihm schon heute leid‹, schreit sie, ›weil er am letzten Mittwoch das Ding in Highbury gedreht hat!‹

›Oho!‹ sage ich. Wir hatten den Burschen bisher vergeblich gesucht. ›Da hätte ich schon gern nähere Einzelheiten gehört.‹

Ein paar Stunden später fand ich Crawley in einem kleinen Lokal, wo er alle Leute freihielt. Er hatte ein Mädel im Arm, und ich winkte ihn heraus.

›Sie sind verhaftet, Hopper‹, sage ich.

›Warum denn?‹ fragt Hopper und wird leichenblaß.

›Wegen des Einbruchs in Highbury. Machen Sie keine Schwierigkeiten.‹

›So ein Pech‹, sagt Hopper, aber er geht in aller Ruhe mit.

›Wer hat mich verpfiffen?‹ will er wissen.

›Das kann Ihnen doch egal sein‹, sage ich zu ihm.

Er nickte.

›Ich glaube, ich weiß schon, wie die Dame heißt‹, meint er, ›und wenn ich wieder rauskomme, soll sie mich kennenlernen!‹

Crawley hatte sehr viele Freunde. Als sie erfuhren, daß er verhaftet worden war, sammelten sie, um einen Rechtsanwalt bezahlen zu können, und sprachen auch bei Simmons vor.

Wie ich später erfuhr, besuchten ihn Nick Moss und ein gewisser Peter.

›Wir machen eine Sammlung, Mr. Simmons‹, sagt Nick, ›für einen unserer Freunde, der in Schwierigkeiten ist.‹

›In was für Schwierigkeiten?‹ fragt der kleine Mann.

Er stand unter der Tür und rauchte seine Pfeife.

›Um die Wahrheit zu sagen‹, gibt Nick offen zu, ›man hat ihn verhaftet.‹

›So?‹ sagt Simmons.

›Ja‹, sagt Nick.

Simmons schüttelte den Kopf.

›Bei mir habt ihr euch verrechnet‹, sagt er. ›Ich zahl' keinen Penny, um einem Verbrecher zu helfen‹, erklärt er in aller Gemütsruhe.

›Was?‹ empört sich Nick. ›Du schäbiger, kleiner Gauner! Dir helf' ich schon!‹

Er wollte sich auf den kleinen Mann stürzen, aber bevor er sich umsah, lag er draußen auf der Straße, und die Tür fiel ins Schloß.

Nick und Peter warteten zehn Minuten, hämmerten an die Tür und forderten Simmons heraus, aber der kümmerte sich nicht darum. Ein paar Minuten später kam ich vorbei und sorgte dafür, daß es ruhig wurde.

Nick war so wütend, daß er zuerst nicht nachgeben wollte, aber ich hab' ihn überredet, erst mit Worten, dann mit dem Knüppel.

Am nächsten Tag erfuhr ich, daß die Kerle vorhatten, Mr. Simmons zu verprügeln. Als ich ihn das nächstemal traf, warnte ich ihn. Er lächelte amüsiert, aber mir war nicht ganz wohl in meiner Haut.

Tatsächlich überfielen sie ihn kurze Zeit später zu sechst.

Auf einmal gab es ein großes Geschrei: ›Hilfe!‹ und ›Polizei!‹ und dergleichen, und ich blies in meine Trillerpfeife und rannte los.

Simmons stand mit dem Rücken an einer Wand und blutete im Gesicht, aber er grinste. Er hatte einen Totschläger in der Hand, zwei Burschen schliefen friedlich auf dem Bürgersteig.

›Hallo‹, sagte Simmons, ›Sie kommen gerade recht.‹

›Haben Sie geschrien?‹ frag’ ich ihn.

›Ich nicht‹, sagte er kichernd. ›Das war ein gewisser Moss – der mit der Beule auf der Stirn.‹

Von da ab ließen sie Simmons in Ruhe. Sie starrten ihn finster an, und er grinste nur freundlich, aber sie trauten sich nicht mehr an ihn heran.

Nick Moss war sehr verbittert.

›Möcht’ nur wissen, wo der kleine Kerl die Kraft hernimmt – was meinen Sie, Mr. Lee?‹ sagt er empört. ›So was ist doch ungerecht!‹

Da sie ihm auf diese Weise nicht beikommen konnten, ließen sie sich etwas anderes einfallen. Sie legten es darauf an, ihn zu verpfeifen. Es gab keinen Dieb in London, keinen einzigen Hehler, bei dem sie sich nicht erkundigten, um Simmons das Handwerk zu legen, aber es schien einfach nicht zu klappen.

Eines Tages steht dieser Peter, von dem ich Ihnen schon erzählt habe, in Euston auf dem Bahnsteig und sieht Simmons den Zug aus Manchester verlassen. Peter hatte sich auf Gepäckdiebstahl spezialisiert und war zu beschäftigt, um über Simmons nachzudenken, aber als er Nick am Abend in einem Bierlokal traf, fiel es ihm wieder ein.

›Manchester!‹ sagt Nick aufgeregt. ›Menschenskind! Hast du’s noch gar nicht gehört?‹

›Nein‹, sagt Peter.

›Gestern nacht ist die Salisbury Bank in Manchester

ausgeraubt worden – achttausend Pfund, und keine Spur vom Täter.‹

Peter pfiff durch die Zähne.

›Der Kerl gehört bestimmt zu der Bande‹, sagt Nick empört, ›und wenn ich ihn nicht ins Kittchen bringe, dann will ich nicht Nick Moss heißen.‹ So hieß er übrigens wirklich nicht«, meinte Wachtmeister Lee nachdenklich.

»›Hol schnell eine Abendzeitung‹, sagt Nick, ›vielleicht haben sie eine Beschreibung von dem Kerl.‹

Peter verließ das Lokal und kaufte eine Zeitung, die sie dann gemeinsam studierten.

›Da steht's‹, sagt Nick, bei dem's mit dem Lesen nicht weit her war. ›Thomas Cadaver wurde heute früh in Manchester hingerichtet . . . Nein, falsch – da steht's . . .‹ Und er las vor: ›Beschreibung des mutmaßlichen Täters: klein, kräftig, glattrasiert, trägt eine Melone – das ist er, wetten wir?‹ sagt Nick, und schon sind sie auf dem Weg zu mir.

Ich wollte gerade meinen Dienst antreten.

›Mr. Lee‹, sagt Nick, ›wir haben da etwas Feines für Sie.‹

›Prima‹, sag' ich. ›Gekauft oder gefunden?‹

›Wir wissen, wer das Ding in Manchester gedreht hat‹, erzählt mir Nick ganz ernsthaft und gibt mir die Zeitung. Ich les' den Artikel in aller Ruhe durch.

›Das nehm' ich mit aufs Revier‹, sag' ich.

In der Zeitung stand ja eine ganze Menge, aber was die Kerle am meisten interessierte, war, daß man Crawley Hopper freigesprochen hatte. Das Beweismaterial hatte einfach nicht ausgereicht, und Crawley war noch einmal mit einem blauen Auge davongekommen.

Man ließ ihn um sechs Uhr frei, um acht Uhr traf ich ihn auf der Straße. Er schien eine Siegesfeier hinter sich zu haben, weil er völlig blau war.

›Hallo, Wachtmeister Lee‹, sagt er. ›Haben Sie meine Alte gesehen?‹

›Was für eine?‹ frag' ich.

›Sie wissen schon, was für eine‹, meint er grimmig. ›Die mich verpfiffen hat.‹

›Reden Sie keinen Blödsinn‹, sag' ich, ›kein Mensch hat Sie verpfiffen.‹

›Na schön‹, sagt er und will gehen, ›das hab' ich bald heraus.‹

Manchmal hat man so eine Vorahnung«, meinte Mr. Lee ernst, »auf die man achten sollte. Ich war nahe daran, ihn zu verhaften, damit er auf dem Revier seinen Rausch ausschlafen konnte, aber ich zögerte. Er war gerade erst aus dem Gefängnis gekommen und eben noch ein bißchen aufgeregt. Eigentlich tat er mir leid, und ich ließ ihn laufen.

Um halb zwölf kam ich gerade durch die Pointer Street, als er mir wieder begegnete. Irgend etwas fiel mir auf. Ich hielt ihn an.

›Wo gehen Sie hin, Crawley?‹ sag' ich. Er schaut mich ganz verblüfft an und rennt weg. Ich hab' ihn aber gleich beim Kragen.

›Loslassen!‹ faucht er und schlägt zu.

Er traf mich genau ins Gesicht, und ich spürte etwas Warmes, Klebriges.

Da geht doch der Kerl mit dem Messer auf mich, denk' ich, und geb' ihm eins mit dem Knüppel über den Schädel. Ein Kollege half mir, ihn aufs Revier zu bringen.

Mein Gesicht war blutüberströmt, aber ich spürte keine Schmerzen.

Nachdem Crawley in einer Zelle gelandet war, wollte der Inspektor den Arzt holen lassen. Aber Crawley hinter der Gittertür sagte: ›Keine Angst, er ist nicht verletzt.‹

›Woher stammt dann das Blut?‹ erkundigte sich der Inspektor.

›Von meinen Händen‹, sagt Crawley und zeigt sie uns. ›Ich hab' meine Alte umgebracht‹, gibt er frank und frei zu.

Und es war wirklich so; wir fanden die arme Frau mausetot im Haus ihrer Mutter. Wir hatten in unserem Bezirk schon lange keinen Mord mehr gehabt, aber die Zeitungen konnten nicht viel damit anfangen, weil der Täter ja schon bekannt war.

Die Verhandlung gegen Crawley dauerte nur zwei Stunden; er wurde zum Tode verurteilt. Bei solchen Gelegenheiten gibt es viele Leute, die Gnadengesuche unterschreiben und gegen die Hinrichtung protestieren, aber nicht einmal seine Kumpane taten da mit.

Nick erklärte mir auch, warum.

›Ich bin ein Dieb, Mr. Lee‹, sagt er ganz ernst, ›Sie wissen ja Bescheid. Ich hab' mein ganzes Leben nichts anderes gemacht – aber wenn einer so was macht wie Crawley, dann kann man ihm auch nicht mehr helfen. Wir haben zwar das Geld für einen Rechtsanwalt aufgebracht, aber jetzt, wo er schuldig gesprochen ist, muß Schluß sein.‹

In den Wochen nach der Verhandlung war in meinem Bezirk nicht viel los. Die Kerle schlichen bedrückt herum, und ich hatte Zeit, Simmons im Auge zu behalten. Die Beschreibung des Bankräubers war inzwischen noch ausführlicher durchgegeben worden, und sie schien auch ganz gut auf ihn zu passen.

Wir erstatteten Meldung an Scotland Yard. Sie schickten einen ihrer besten Leute.

Nachdem er ihn gesehen hatte, lachte er nur.

›Der!‹ sagt er. ›Wißt ihr nicht, wer das ist?‹

›Nein, Sir‹, sag’ ich, und denk’ mir, er wird dir’s schon sagen, aber er dachte gar nicht daran.

Ein paar Tage lang war Simmons wieder verschwunden. Die Leute dachten nicht mehr an Crawley, es wurde wieder ziemlich aufregend in meinem Bezirk, und ich machte mir über Simmons nicht allzu große Gedanken.

Eines Abends traf ich ihn auf der Straße. Er wanderte nach Hause und nickte mir zu. Nach ein paar Schritten drehte er sich um und kam zurück.

›Ich muß Ihnen etwas ausrichten‹, sagte er. ›Crawley läßt Ihnen sagen, daß er nicht gelandet wäre, wo er jetzt ist, wenn er Ihren Rat befolgt hätte.‹

›Crawley‹, sag’ ich verblüfft, ›Crawley ist doch tot.‹

›Das weiß ich‹, meint er ganz ruhig. ›Aber er hat es mir kurz vor seinem Tod mitgeteilt.‹

›Ach was?‹ sag’ ich. ›Das glauben Sie doch selber nicht!‹

›Doch, ich hab’ noch mit ihm gesprochen‹, sagt er, schon im Weggehen. ›Ich bin der Henker!‹«

Planetoid 127

Chap West, der für Arbeit noch nie etwas übrig gehabt hatte, ließ die lange Stange fallen, mit der er das Boot von Bisham herüber zu dem abgelegenen Haffwasser westlich von Murley Lock gestakt hatte, und sank ächzend auf die Polster. Er war ein hochaufgeschossener junger Mann, und die große Hornbrille, die er seiner Kurzsichtigkeit wegen trug, verlieh seinem hageren Gesicht einen Anflug von Gelehrsamkeit, der in Widerspruch zu seinen Leistungen auf der Universität stand.

Susan West machte die Augen auf, bedachte ihre Umgebung mit einem Blick und räkelte sich bequem.

»Zünd den Kocher an und koch Tee«, murmelte sie.

»Ich bin fertig für heut'«, brummte ihr Bruder. »Vor zehn Minuten hat's erst gepfiffen, und die ewige Kocherei geht mir auf die Nerven.«

»Zünd den Kocher an und koch Tee«, sagte sie matt.

Chap starrte grimmig auf die bequem hingestreckte Gestalt hinunter und richtete dann, ebenso erbost, den Blick nach vorn, wo Tim Leonard das Boot mit dem Paddel an Land steuerte.

Tim war genauso alt wie sein Schulkamerad, aber er wirkte jünger. Er sah ausgesprochen gut aus und war Hausältester des Wohnheims gewesen, das die Ehre gehabt hatte, Chapston West zu beherbergen. Sie waren beide in Mildram Schulpräfekten gewesen, am gleichen Tag eingetreten und – nach Jahren – am gleichen Tag abgegangen.

Tim Leonard besah sich geringschätzig das verfilzte Buschwerk und das hohe Gras.

»Zutritt bei Strafe verboten!« las er vor. »Klingt fast wie eine Einladung. Kannst du das Haus sehen, Chap?«

»Nein. Das ist bestimmt die gräßlichste Bruchbude, die man sich vorstellen kann.«

Susan, vom Anstoß des Bootes an der Uferböschung wachgerüttelt, setzte sich auf und starrte den kümmerlichen Landeplatz verblüfft an.

»Warum fährst du nicht ein Stück weiter?« fragte sie. »Hier kann man doch keinen Tee kochen, ohne –«

»Denkst du überhaupt nur noch ans Essen, Weib?« fragte ihr Bruder streng. »Begeistert dich denn der Gedanke nicht, daß du vor dem geheiligten Boden ankerst, auf dem der gelehrte Professor Colson, Doktor der Naturwissenschaft, Insektenforscher, Künstler auf dem Isobar und anderen musikalischen Instrumenten –«

»Chap, du quatschst zuviel – und ich möchte gern eine Tasse Tee.«

»Tee trinken wir beim Professor«, sagte Chap mit Entschiedenheit.

»Wenn wir uns durch das Dorngestrüpp zu seinem verzauberten Palast durchgekämpft haben, wird der Tee wohl in kristallenen Gefäßen serviert, während wir auf Liegestätten aus Lapislazuli ruhen.«

Sie betrachtete stirnrunzelnd den düsteren, unheimlichen Wald.

»Wohnt er wirklich hier?« fragte sie Tim.

Er nickte.

»Er wohnt wirklich hier«, sagte er. »Soviel ich weiß, jedenfalls. Er hat mir den Weg ganz genau erklärt, und wenn ich mich recht entsinne, hat er auch gesagt, daß es ein bißchen schwierig sein dürfte, das Haus zu finden. Er sagte: ›Einfach immer weiter steigen, bis ihr oben seid!‹«

»Aber wie kommt er denn eigentlich hin?« fragte das Mädchen verblüfft.

»Mit dem Flugzeug«, erwiderte Chap, während er das Boot an einem großen Strauch festband. »Oder vielleicht benützt er seinen Zauberteppich. Jeder Naturwissenschaftler hat einen Vorrat davon. Oder er kommt auf einer ganz prosaischen Straße durch ein Tor hinein – es muß ja sogar in Berkshire Straßen geben.«

Tim lachte vor sich hin.

»Genau die Gegend, auf die der alte Colson Wert legt«, meinte er. »Du müßtest ihn kennenlernen, Susan. Er ist ein komischer Kauz. Warum er überhaupt Vorlesungen hält, weiß ich nicht, weil er sehr viel Geld hat und jederzeit etwas anderes anfangen könnte. Ich hab' in Mildram den naturwissenschaftlichen Zweig bevorzugt, und es ist nicht einmal sein erstaunliches mathematisches Talent, das ihn so hervorhebt. Vom Schulleiter erfuhr ich, daß Colson einer der größten lebenden Astronomen ist. Aber die Geschichten, die man sich über ihn erzählt, daß er die Zukunft voraussagen kann – na ja –«

»Und ob er das kann!«

Chap zündete den Kocher an, weil er trotz seiner schönen Hoffnungen sichergehen wollte, außerdem brauchte er nach der anstrengenden Tätigkeit eine Erfrischung.

»Er hat genau vorher gewußt, wann der Krieg in Asien zu Ende sein wird – auf den Tag genau! Und er hat die große Explosion im Gaswerk Helwick prophezeit – er wäre beinahe noch eingesperrt worden, weil er nach Meinung der Polizei zuviel wußte. Voriges Jahr hab' ich ihn einmal gefragt, ob er wüßte, welches Pferd das Grand National gewinnen wird. Er hätte mir beinahe den Kopf heruntergerissen. Timothy Titus hätte er natürlich Bescheid gesagt, weil der Liebkind bei ihm ist.«

Er half seiner Schwester an Land und schaute sich am Ufer um. Alles wuchs wild durcheinander, und obwohl er geduldig nach einem Pfad durch den Urwald spähte, blieben seine Bemühungen erfolglos. Ein uraltes, verwittertes Schild verkündet grimmig, daß das Land hier in Privatbesitz sei. An der Stelle, wo sie das Boot an Land gezogen hatten, war das Ufer jedoch, offenbar vor geraumer Zeit, abgesteift worden.

»Soll ich mitkommen?« fragte Susan, die von dem bevorstehenden Besuch nicht begeistert zu sein schien.

»Willst du lieber hierbleiben?« fragte Chap über die Schulter.

Sie warf einen Blick auf den toten, düsteren Nebenarm mit dem brackigen Wasser und den überhängenden Weiden. Eine Bisamratte schwamm auf der unbewegten Oberfläche, und dieser Anblick gab den Ausschlag.

»Nein. Ich komm' doch lieber mit.«

Chap goß den Tee ein, und das Mädchen hob gerade die Tasse an die Lippen, als ihr Blick auf den Mann fiel, der sie von den Bäumen her beobachtete.

»Was gibt's denn?«

Tim hatte gesehen, daß sich ihr Gesichtsausdruck veränderte; er folgte der Richtung ihres Blickes und entdeckte den Beobachter ebenfalls.

Der Fremde hatte ganz und gar nichts Unheimliches

an sich, im Gegenteil, er machte einen ganz normalen Eindruck.

Er war klein, dick, hatte ein rundes, stark gerötetes Gesicht mit einem rötlichen Schnauzbart, und seine kleinen Augen waren unverwandt auf die Besucher gerichtet.

»Guten Tag!« sagte Tim und ging auf den Fremden zu. »Wir haben die Erlaubnis, hier zu landen.«

Der andere schien wohl so etwas wie ein Hausmeister in ›Helmwood‹ zu sein.

»Erlaubnis?« wiederholte er. »Natürlich haben Sie die – wer von Ihnen ist Leonard?«

»Das bin ich«, lächelte Tim, und der andere nickte.

»Er erwartet Sie und West und Miss Susan West.«

Tim riß erstaunt die Augen auf.

Er hatte dem Professor zwar versprochen, während der Ferien einmal vorbeizukommen, aber es war keine Rede davon gewesen, daß er Chap oder seine Schwester mitbringen würde. Zufällig hatte er seinen Schulkameraden am Vormittag in Bisham getroffen, und Chap hatte sich entschlossen, ihn zu begleiten.

Der dicke Mann fuhr fort, als könne er seine Gedanken lesen: »Er weiß unheimlich viel. Entweder ist er verrückt oder ein Verbrecher. Woher will er denn das Ganze wissen? Vor fünfzehn Jahren hatte er noch keine fünfzig Pfund. Der Besitz hier hat ihn Zehntausend gekostet, das Haus weitere Zehntausend, und für seine Instrumene und Apparaturen muß er mindestens Fünfzigtausend ausgegeben haben!«

Tim war zu verblüfft gewesen, um ihn gleich unterbrechen zu können.

»Wissen? Ich versteh' nicht ganz . . .?«

»Über Aktien und so weiter . . . Er hat mit Baumwollspekulationen heuer Hunderttausend verdient. Woher hat er nur gewußt, daß der Kapselkäfer im Süden die ganze Ernte ruinieren wird? Woher hat er das gewußt? Und wie ich ihn vorhin gebeten habe, einem Freund für den Weizenmarkt einen Tip zu geben, bin ich behandelt worden wie ein Hund!«

Chap hatte offenen Mundes zugehört.

»Sind Sie mit Mr. Colson befreundet?«

»Ich bin sein Vetter«, war die Antwort. »Ich heiße Harry Dawes. Und ich bin sein einziger Verwandter.«

Er trat plötzlich einen Schritt auf sie zu, und seine Stimme senkte sich zu einem vertraulichen Flüstern.

»Die jungen Herren wissen ja sicher über ihn Bescheid. Er ist doch nicht bei Trost, oder? Wenn ich zum Beispiel ein paar Ärzte mitbrächte, würden sie vielleicht ein paar Fragen über ihn an Sie richten wollen . . .«

Tim, Sohn eines Anwalts und selbst Jurastudent, begriff, wohin der Wind wehte, und wäre gewappnet gewesen, selbst wenn er das gierige Glitzern in den Augen des anderen nicht wahrgenommen hätte.

»Dann würden Sie ihn in eine Heilanstalt stecken und sein Vermögen verwalten?« sagte er, kühl lächelnd. »Bei uns dürfen Sie nicht auf Hilfe rechnen.«

»So hab' ich's nicht gemeint«, sagte er verlegen. »Hören Sie zu, junger Mann . . .« Er schwieg einen Augenblick. Sie würden mir einen Gefallen tun, wenn Sie Colson gegenüber nicht erwähnen, daß Sie mir begegnet sind . . . Ich geh' jetzt zur Schleuse hinunter. Sie finden den Weg nach oben schon, er geht an diesen Pappeln entlang. Bis später!«

Er drehte sich abrupt um, stapfte durchs Gebüsch und war plötzlich wie vom Erdboden verschluckt.

»Das ist mir aber einer!« sagte Chap bewundernd. »Ein ganz raffinierter Plan. Dabei kennt er uns nicht einmal!«

»Woher wußte Mr. Colson, daß ich dabei bin?« fragte Susan verwundert.

Tim wußte nichts zu antworten. Unter einigen Schwierigkeiten fanden sie den überwachsenen Pfad, der sich zwischen den Bäumen nach oben schlängelte, und nach einer Viertelstunde zügigen Bergaufgehens erreichten sie die Anhöhe, von der aus das Haus zu sehen war. Tim hatte erwartet, das Gebäude werde der verwilderten Umgebung entsprechen. Aber der erste Blick auf ›Helmwood‹ benahm ihm den Atem.

Ein großes, schönes Haus erhob sich hinter einer wohlgepflegten Rasenfläche. Blumenbeete in den satten Farben des Spätsommers umgrenzten den Rasen und das Haus. Am hinteren Ende angebaut, erhob sich ein steinerner Turm, breit und geduckt, auf dem ein Gerüst errichtet war – kreuz und quer, offenbar ohne Sinn und Zweck, mit einem Gewirr von Drähten durchzogen, das im Sonnenlicht glitzerte.

»Das ist eine neue Art von Antenne, was?« meinte Chap. »Mensch, Tim! Schau dir das Teleskop an!«

Neben der Turmspitze befand sich das Kuppeldach eines großen Observatoriums. Das Dach war geschlossen, so daß Chaps ›Teleskop‹ vorwiegend auf Einbildung beruhte.

»Heiliger Strohsack!« sagte Chap ehrfürchtig. »Das ist ja geradezu gewaltig!«

Tim war beeindruckt und verblüfft. Er hatte schon

geahnt, daß es dem alten Professor finanziell gut ging, wäre aber nie auf die Idee gekommen, daß er reich genug sei, sich ein solches Haus und ein Observatorium leisten zu können, dessen Ausstattung Tausende gekostet haben mußte.

»Schaut hin, es dreht sich!« flüsterte Susan.

Der große kubische Aufbau auf dem Turm rotierte langsam, und Tim entdeckte plötzlich zwei weit herausragende Kegel aus irgendeinem kristallartigen Material, das in der Sonne grell glitzerte.

»Das ist auf jeden Fall mal was Neues«, meinte er.

Während sie so dastanden, öffnete sich eine hohe Glastür, und eine gebückte Gestalt trat auf den Rasen hinaus.

Tim hastete dem Wissenschaftler entgegen. Kurze Zeit später stellte Chap seine Schwester vor.

»Hoffentlich stören wir Sie nicht«, meinte Chap. »Leonard hatte mir erzählt, daß er Sie besuchen will.«

»Gut, daß Sie gekommen sind«, sagte Professor Colson höflich. »Es ist mir ein Vergnügen, Ihre Schwester kennenzulernen.«

Susan betrachtete ihn von Kopf bis Fuß und war angenehm überrascht. Sie sah einen mageren, glattrasierten, alten Mann mit einer gewaltigen, weißen Mähne, die bis auf den Kragen reichte, buschige Brauen, tiefblaue, erfahrene Augen. Sein Gesicht mit den feinen Zügen verriet Sinn für Humor. Er entsprach ganz und gar nicht der gängigen Vorstellung von einem zerstreuten Professor. Er trug ein blendend weißes Hemd und einen eleganten schwarzen Anzug.

»Wahrscheinlich sind Sie einem – äh – Verwandten von mir begegnet«, sagte er sanft. »Ein gewöhnlicher Mensch – ein ausgesprochen gewöhnlicher Mensch. Das Grobe im Leben stört mich gewaltig. Wollen Sie nicht eintreten, Miss West?«

Sie gingen durch eine große Eingangshalle, einen langen breiten Korridor entlang, der auf einer Seite durch schmale Fenster erhellt wurde. Susan konnte dahinter in einen hübsch gepflasterten Innenhof, eingefaßt von farbenfrohen Blumenbeeten, sehen.

Auf der anderen Seite des Ganges waren in regelmäßigen Abständen Türen in die Wand eingelassen; auf der zweiten bemerkte Tim im Vorbeigehen eine Beschriftung. Sie war mit kleinen Goldbuchstaben säuberlich aufgetragen und lautete:

›Planetoid 127‹

Dem Professor fiel die Verblüffung des jungen Mannes auf. Er lächelte. »Eine kleine Eitelkeit.«

»Ist das die Nummer eines Asteroids?« fragte Tim.

»Nein – im Jahrbuch werden Sie vergeblich nach Nummer 127 suchen«, meinte der Professor, als er die Tür zu einer großen, luftigen Bibliothek öffnete und sie eintreten ließ. »Ein Asteroid, mein junges Fräulein, ist einer der winzigen Planeten, die zwischen Mars und Jupiter in großer Zahl um die Sonne schweben. Ohne Fernrohr kann man eigentlich nur Vesta sehen, und das auch höchst selten. Mein Planetoid wurde an einem zwölften Juli entdeckt – 12/7. Und er war kein Asteroid!«

Er kicherte und rieb sich die langen, weißlichen Hände.

Die Bibliothek mit den Regalen aus Nußbaumholz, dickgepolsterten Sesseln und dem schwachen Duft nach

›Russisch Leder‹ war ein angenehmer Aufenthaltsort, dachte Susan. Große Porzellanvasen mit langstieligen Rosen standen, wo immer man Platz für sie gefunden hatte. Durch die offenen Fenster wehte eine sanfte Brise, den Duft blühender Blumen mit sich tragend.

»Der Tee wird gleich fertig sein«, sagte Professor Colson. »Ich habe ihn bestellt, als ich Sie kommen sah. – Ja, ich interessiere mich auch für Asteroiden.«

Sein Blick glitt automatisch zum Sims über dem gemauerten offenen Kamin, und Tim sah, daß in der Eichenholztäfelung eine quadratische, schwarze Höhlung gähnte. Er zerbrach sich vergeblich den Kopf über die Bedeutung dieser Öffnung.

»Sie sind für mich weit wirklicher und fühlbarer als die großen Planetenkörper. Jupiter – eine dampfende Masse; Saturn – eine erstarrte Masse, das Geheimnis seiner Ringe dem Spektroskop eröffnend; Vulkan – überhaupt kein Planet, sondern ein Mythos, ein Traum phantasievoller, romantischer Astronomen ... Es gibt keine innerhalb der Merkurbahn gelegenen Planeten. Ich meine damit« – er schien es für nötig zu halten, Susan eine nähere Erklärung zu geben, wofür Chap dankbar war –, »daß zwischen Merkur, dem der Sonne am nächsten stehenden Planeten, und der Sonne selbst kein Planetenkörper existiert, obgleich manche verwirrten Köpfe anderer Meinung sind und dieses Phantasieprodukt Vulkan getauft haben –«

Ein bejahrter Diener war unter der Tür erschienen, und der Professor hastete auf ihn zu. Die beiden unterhielten sich miteinander – über ein Problem des Haushalts, wie es Susan erschien, und sie hatte recht –, dann entschuldigte er sich kurz und verließ den Raum.

»Ein merkwürdiger Mensch«, begann Chap, aber im nächsten Augenblick sah er sich der Sprache beraubt. Aus der schwarzen Höhlung über dem Kamin drang ein schrilles Heulen, gefolgt von einem ohrenbetäubenden Krachen und Knistern, tausendfach verstärkten atmosphärischen Störungen ähnlich.

»Was ist denn das?« flüsterte Susan entsetzt.

Bevor Tim etwas erwidern konnte, hörte das Krachen auf, und eine sanfte, wohlklingende Stimme erklärte:

»Lo ... Col-son! Jaize ga shil? Ich spreche Sie, Colson ... Planetoi' 127 ... Großbrand in meiner zehba ... Stadt ... Großbrand ...«

Es knackte, die Stimme brach unvermittelt ab, und in diesem Augenblick kam Professor Colson wieder herein. Er sah seine drei Besucher fassungslos zu der quadratischen Öffnung in der Wand hinaufstarren. Um seine Mundwinkel zuckte es.

»Sie haben gehört –? Ich habe die Verbindung unterbrochen, obwohl ich allerdings fürchte, daß ich ihn heute nicht mehr erreichen kann.«

»Wer war denn das, Sir?« fragte Tim mit zusammengezogenen Brauen. »Ist diese Nachricht über eine sehr große Entfernung gesendet worden?«

Der Professor zögerte mit seiner Antwort. Er sah das Mädchen durchdringend und argwöhnisch an, als bedeute nur ihre Intelligenz eine Gefahr für ihn. Dann erwiderte er:

»Der Mann, der eben gesprochen hat, heißt Colson«, sagte er entschlossen. »Und er hat sich aus einer Entfernung von 299 Millionen Kilometern gemeldet«

2

Sie lauschten sprachlos. Hatte der alte Professor den Verstand verloren? Die Stimme, die sie eben gehört hatten, sollte Colsons Stimme gewesen sein?

»299 Millionen Kilometer?« sagte Tim ungläubig. »Aber, Mr. Colson, das war doch nicht Ihre Stimme.«

Der Professor lächelte schwach und schüttelte den Kopf.

»Das war buchstäblich mein *alter ego* – mein anderes Ich«, erwiderte er, und es schien, als wolle er noch etwas sagen – statt dessen wechselte er abrupt das Thema.

»Jetzt wollen wir Tee trinken«, sagte er und lächelte Susan an.

Susan war von dem alten Mann fasziniert und fürchtete sich zugleich ein bißchen. Sie allein begriff, daß der Hinweis auf die Stimme, die aus einer Entfernung von 299 Millionen Kilometer zu ihnen gesprochen hatte, nicht spaßhaft gemeint gewesen war. Es war Chap, der in dieser ungeschickten Art das Gespräch wieder auf das Thema ›geheimnisvolle Stimme‹ brachte.

»Vom Mars sind Signale aufgefangen worden, Sir«, berichtete er. »Ich hab' es heute vormittag in der Zeitung gelesen.«

Wieder lächelte der Professor.

»Sie glauben, daß das nur atmosphärische Störungen waren?« meinte Susan, aber zu ihrer Überraschung schüttelte Colson den Kopf.

»Nein, das waren keine atmosphärischen Störungen«, sagte er ruhig. »Sie kamen aber auch nicht vom Mars. Ich bezweifle sehr, ob es auf dem Mars organisches Leben gibt, abgesehen vielleicht von niedrigen Vegetationsformen.«

»Die Kanäle –«, begann Chap.

»Sie könnten auch eine optische Täuschung sein«, erwiderte der Naturwissenschaftler. »Unser eigener Mond erweckt bei einer Entfernung von – sagen wir einmal, 64 Millionen Kilometern wohl auch den Eindruck, von zahlreichen Linien durchzogen zu sein, wie der Mars.«

»Vom Jupiter aus?« fragte Chap, dessen Interesse jetzt geweckt war.

Wieder lächelte Professor Colson.

»Eine fast im Schmelzzustand befindliche Masse, auf der es kein Leben geben kann. Ebensowenig auf dem Saturn«, fuhr er fort, offenbar, um sie auf die Folter zu spannen, »oder auf der Venus.«

»Woher kommen denn dann diese Signale, verflixt noch mal«, entfuhr es Chap, und diesmal lachte Colson laut auf.

Während sie ihren Tee tranken, betrachtete Susan bewundernd die herrlichen Farben des Gartens, den man durch das hohe Fenster überblicken konnte. Und dann bemerkte sie etwas Verblüffendes.

Zwei Männer waren hinter einer gestutzten Hecke aufgetaucht. Der eine war jener gewöhnliche, kleine Mann, den sie vor einer halben Stunde kennengelernt hatten und der behauptete, mit dem Professor verwandt zu sein.

Der zweite war größer und älter. Sein langes, scharf geschnittenes Gesicht war seinem Begleiter zugewandt; nach den aufgeregten Gesten des Fremden zu schließen, besprachen sie eine äußerst wichtige Angelegenheit.

»Donnerwetter!« sagte Chap plötzlich. »Ist das nicht Hildreth?«

Professor Colson sah auf. Seine scharfen blauen Augen hatten mit einem Blick die Situation erfaßt.

»Ja, das ist Charles Hildreth, kennen Sie ihn?«

»Na und ob«, erwiderte Chap. »Er war oft genug in unserem Haus. Mein Vater ist an der Börse tätig, und Mr. Hildreth gilt in der City als wichtige Persönlichkeit.«

»Ja, in der City stellt er wirklich etwas vor«, meinte Colson mit einer Spur von Sarkasmus, »aber hier hat er nicht sehr viel zu sagen, und ich möchte nur wissen, warum er schon wieder kommt.«

Er stand hastig auf und verließ das Zimmer.

Tim, der die Neuankömmlinge beobachtete, sah, daß sie wie auf Kommando die Köpfe drehten und weitergingen, offenbar, um den Professor zu begrüßen. Als der alte Mann zurückkam, zeigte sich leichte Röte auf seinen Wangen und ein Funkeln in den Augen, das Tim vorher noch nicht gesehen hatte.

»Sie kommen in einer halben Stunde wieder«, sagte er, unnötigerweise, wie es Susan schien. Sie hatte das Gefühl, daß der alte Mann häufig Selbstgespräche führte, und darin täuschte sie sich nicht. Ein- oder zweimal hatte sie den unangenehmen Eindruck, im Weg zu sein, denn sie konnte sich auf ihre Intuition verlassen, und obwohl Professor Colson tadellose Manieren zeigte, konnte er seine Ungeduld doch nicht ganz verbergen.

»Wir haben Ihre wertvolle Zeit schon lange in Anspruch genommen, Mr. Colson«, sagte sie mit strahlendem Lächeln, stand auf und streckte ihm die Hand hin.

»Es sieht nach Sturm aus. Wir machen uns wohl besser auf den Rückweg. Kommst du jetzt gleich mit, Tim?«

»Ja, warum soll er denn –«, begann Chap, aber sie unterbrach ihn.

»Tim hat uns gesagt, daß er in der Nähe eine Verabredung hat und sich hier von uns verabschieden will«, fuhr sie fort.

Tim wollte gerade voll Empörung klarstellen, daß er so etwas ganz und gar nicht gesagt hatte, aber ein Blick von ihr brachte ihn zum Schweigen.

Ein paar Minuten später, während Chap seine halbgaren Theorien über die Marskanäle darlegte – Chap hatte sich für alle Dinge unter und über der Sonne Theorien ausgedacht –, konnte sie mit Tim allein ein paar Worte wechseln.

»Ich bin überzeugt davon, daß Mr. Colson mit dir reden will«, sagte sie. »Du brauchst dir unseretwegen keine Gedanken zu machen. Wir kommen schon zurück – es geht ja immer flußabwärts.«

»Wie kommst du denn bloß auf die Idee?«

»Ich weiß es nicht.« Sie schüttelte den Kopf. »Ich habe einfach so ein Gefühl. Ich glaube auch, daß er zuerst gar nichts von dir wollte, bis diese beiden Männer kamen.«

Wie recht sie hatte, stellte sich bald heraus. Als sie durch den Garten schlenderten, um den zum Fluß führenden Pfad zu erreichen, nahm Colson seinen Lieblingsschüler beim Arm, wartete, bis die anderen vorausgegangen waren, und sagte: »Könnten Sie nachher zurückkommen und hier übernachten, Leonard?«

»Doch, ja, selbstverständlich, Sir«, sagte Tim erstaunt.

In seinem Innersten wünschte er sich nichts mehr, als hier alles besichtigen zu dürfen und vor allem einige der wunderbaren Dinge in dem großen Instrumentenhaus in Augenschein nehmen zu können. Dieses Angebot war aber zunächst ausgeblieben. Was befand sich in dem Raum mit der Inschrift ›Planetoid 127‹? Und die seltsame Empfangsanlage auf dem Turm – auch sie mußte etwas Ungewöhnliches zu bedeuten haben.

Vor allem aber wollte er herausfinden, ob der Professor sich auf Kosten seiner Besucher einen kleinen Scherz geleistet hatte, als er behauptete, Stimmen zu hören, die ihn angeblich über eine Entfernung von 299 Millionen Kilometern erreichten.

»Kommen Sie zurück, sobald es einigermaßen geht«, sagte Colson leise. »Je früher, desto besser. Ich habe da einiges mit Ihnen zu besprechen. Im letzten Semester hat sich leider keine Gelegenheit ergeben. Können Sie Ihre Bekannten abwimmeln?«

Tim nickte.

»Wunderbar. Ich verabschiede mich schnell von ihnen.«

Tim begleitete die anderen zum Boot. Als es hinter einer Biegung des Nebenarms verschwunden war, stieg er wieder die Anhöhe hinauf. Der Professor ging im Garten auf und ab, den Kopf gesenkt, die Hände auf dem Rücken verschränkt.

»Kommen Sie mit in die Bibliothek, Leonard«, sagte er und fügte mit besorgter Stimme hinzu: »Sie haben die beiden Gauner nicht gesehen?«

»Was für Gauner? Sie meinen Dawes und Hildreth?«

»Diese Herren meine ich«, erwiderte Colson. »Sie hätten doch sicher nicht vermutet, daß sie mir, bevor ich zu Ihnen zurückkam, nicht weniger als eine Million Pfund geboten haben?«

Tim starrte den Professor verblüfft an.

»Eine Million Pfund, Sir?« sagte er ungläubig, und zum erstenmal begannen ihm Zweifel an der geistigen Stabilität des Professors zu kommen.

»Eine Million Pfund«, wiederholte Colson, der die Verblüffung des anderen genoß. »Sie werden selbst entscheiden können, ob ich verrückt bin, wie es Ihnen sicher vorkommen wird, oder ob eher mein Verwandter und sein Freund nicht mehr ganz bei Trost sind. Übrigens wird es Sie interessieren, daß im Lauf des vergangenen Monats dreimal bei mir eingebrochen worden ist.«

»Aber das ist doch wirklich äußerst ernst, Sir!« meinte Tim entsetzt.

»Für die Einbrecher wäre es ganz bestimmt ernst geworden, wenn ich rechtzeitig etwas gemerkt hätte«, erklärte Colson. »Sie wären durch Stromstöße kampfunfähig gemacht, wenn nicht gar getötet worden. Aber jedesmal, wenn sie einen Einbruchsversuch unternahmen, konnte ich kein elektrisches Feld rund um mein Haus brauchen. Die komplizierten Instrumente, mit denen ich arbeiten muß, hätten das nicht vertragen.«

Er führte Tim in die Bibliothek und sank mit einem Seufzer in einen dick gepolsterten Sessel.

»Wenn ich damals nur schon gewußt hätte, was ich heute weiß«, meinte er, »bezweifle ich sehr, ob ich mich selbst im Interesse der Wissenschaft den Strapazen unterzogen hätte, die ich während der letzten vier Jahre auf mich genommen habe.«

Tim schwieg.

»Zuweilen zweifle ich an meinem Verstand«, fuhr Colson fort, »vor allem dann, wenn es mir vorkommt, als müsse ich aus einem Traum erwachen und merken, meine erstaunlichen Entdeckungen seien nichts anderes als Phantasiegebilde, zurückzuführen auf schwere Speisen zur späten Nachtstunde!«

Er lachte leise vor sich in.

»Leonard, es geht um ein derart tiefes Geheimnis, daß ich mich gezwungen geschen habe, die Praktiken der alten Astronomen zu imitieren.«

Er wies mit dem Kopf auf das Fenster, durch das man mitten im Garten einen Steinkubus sehen konnte. Tim war er schon aufgefallen, aber er hatte ihn für eine bedeutungslose Verzierung gehalten.

»Dieser Stein?« fragte er.

Colson nickte.

»Kommen Sie, ich will ihn Ihnen zeigen«, sagte er und stand auf. Er öffnete eine in die Wand eingelassene Tür, und Tim betrat hinter ihm den Garten.

Der Stein stand auf einer Sockelplatte, und auf der Vorderseite waren zwei Reihen Buchstaben und Zahlen eingraviert:

B	1	S	2
N	5	G	1
T	3	E	7
W	1	R	2
H	2	C	1
D	1	O	2
L	1	I	3

»Aber was hat denn das zu bedeuten?«

»Das ist ein Kryptogramm«, sagte Professor Colson

leise. »Als Huygens die Ringe des Saturn entdeckte, bediente er sich dieser Methode, um in aller Ruhe seine Forschungen zu Ende führen zu können. Ich habe das gleiche getan.«

»Aber was heißt das?« fragte Tim verwirrt.

»Das werden Sie eines Tages schon erfahren«, sagte der Professor, als sie ins Haus zurückkehrten.

Er schien mit seinem noch erstaunlich guten Gehör ein Geräusch wahrgenommen zu haben und schaute auf die Uhr.

»Unsere Freunde sind schon da«, sagte er, fast flüsternd.

Die Haltung der beiden Besucher war sehr unterschiedlich. Hildreth gab sich selbstsicher, Weltmann bis zu den Fingerspitzen, und grüßte den Professor wie einen lang vermißten Freund, dessen herzlicher Einladung er gerne gefolgt war. Im Gegensatz dazu schien sich Dawes in seiner Haut ganz und gar nicht wohl zu fühlen.

Tim sah sich den bedeutenden Finanzmann an, war aber nicht beeindruckt. Der kalte Ausdruck der beinahe farblosen Augen stieß ihn ab.

Nachdem man die Begrüßung hinter sich gebracht hatte, gab es eine Verlegenheitspause. Der Finanzier warf einen Blick zu Tim hinüber.

»Mein Freund, Mr. Leonard, wird bei dem Gespräch zugegen sein«, sagte Colson, der den Blick richtig verstanden hatte.

»Er ist aber doch zu jung, um sich schon mit derart komplizierten Angelegenheiten zu befassen, finden Sie nicht?«

»Ob jung oder alt, er bleibt«, sagte Colson, und der andere hob gleichmütig die Schultern.

»Ich hoffe, daß unser Gespräch in einer ruhigen Atmosphäre stattfinden kann«, meinte er. »Wie Ihr junger Freund wahrscheinlich weiß, habe ich Ihnen ein Angebot über eine Million Pfund gemacht, unter der Voraussetzung, daß Sie mir alle Informationen überlassen, die Sie durch – äh – eine« – er verzog den Mund – »mysteriöse Methode gewinnen. Aber damit wollen wir uns nicht aufhalten.«

»Sie hätten sich die Reise sparen können«, erwiderte Colson. »Ich wäre auch in der Lage gewesen, Ihnen sofort eine endgültige Antwort zu erteilen, zog es aber vor, in Gegenwart eines vertrauenswürdigen Zeugen meine unwiderrufliche Ablehnung zu formulieren; ich brauche Ihre Millionen nicht – ich möchte mit Ihnen überhaupt nichts zu tun haben.«

»Sei doch vernünftig«, murmelte Dawes, der sonst am Gespräch kaum teilnahm.

Der alte Mann ignorierte ihn und wartete auf die Antwort des Finanzmannes.

»Ich will gar nicht um den Brei herumreden, Colson«, sagte Hildreth und setzte sich lässig auf den Schreibtisch. »Sie haben mich viel Geld gekostet. Ich weiß nicht, woher Sie Ihre Börsentips beziehen, aber für meinen Geschmack haben Sie zuviel Erfolg. Vor einem Monat haben Sie mir meinen Markt kaputtgemacht und mich dadurch um fast hunderttausend Pfund erleichtert. Ich biete Ihnen eine entsprechende Summe, wenn Sie bereit sind, eine Verbindung mit der Quelle Ihrer Informationen herzustellen. Sie verfügen hier über einen äußerst leistungsfähigen Spezialempfänger, und irgendwo auf der Erde steht Ihnen ein wahrer Zauberer zu Diensten, der in der Lage zu sein scheint, die Zukunft vorherzusagen – was für mich mit katastrophalen Folgen verbunden ist. Ich darf Ihnen vielleicht sagen – wahrscheinlich wissen Sie es schon, weil einige Ihrer Bediensteten nicht ganz unbestechlich waren –, daß ich längst im Besitz dieses Geheimnisses wäre, wenn sich Ihr Mitarbeiter nicht einer unübersetzbaren Sprache bediente. Ich möchte jetzt gerne wissen, Mr. Colson, ob Sie vernünftig sein wollen?«

Colson lächelte.

»Tut mir leid, aber ich kann Ihnen nicht behilflich sein. Ich weiß, daß Sie versucht haben, mitzuhören – ich weiß auch, daß Sie mit den Informationen nichts anfangen konnten. Ich habe die Absicht, meine Spekulationen fortzusetzen, ob Sie davon betroffen sind oder nicht, und stelle es Ihnen völlig frei, sich an meinen Informanten zu wenden. Er wird Ihnen genauso gerne wie mir alles sagen, was er weiß.«

Hildreth lächelte bösartig und nahm seinen Hut.

»Ist das Ihr letztes Wort?«

Colson nickte.

»Mein allerletztes.«

Die beiden Männer gingen zur Tür und drehten sich noch einmal um.

»Meines nicht«, sagte Hildreth, und der drohende Unterton in seiner Stimme war nicht zu überhören.

Sie standen am Fenster und sahen den beiden Männern nach, bis sie verschwunden waren.

»Was will er eigentlich?« fragte Tim seinen Gastgeber.

Colson schreckte aus seiner Versunkenheit hoch.

»Was er will? Ich zeig' es Ihnen. Die Ursache all der Einbrüche, die Ursache dieses Besuches. Kommen Sie mit.«

Sie betraten den Korridor, und als der Professor vor der Tür mit der Aufschrift ›Planetoid 127‹ stehenblieb, begann Tims Herz schneller zu schlagen.

Colson öffnete die Tür mit zwei Schlüsseln und führte Tim in den seltsamsten Raum, den er je betreten hatte.

Ein wirrer Eindruck von Instrumenten, Drähten, die sich spinnwebartig durch das Zimmer zogen, von seltsamen Maschinen, die ständig in Bewegung zu sein schienen . . . Er konnte nicht alles auf einmal erfassen.

Das ganze Zimmer war mit grauem Filzbelag ausgeschlagen, abgesehen von der Wand, die einen Streifen faseriger Täfelung aufwies. Der Professor ging darauf zu. Er schob eine der Platten beiseite, dahinter zeigte sich die kreisrunde Tür eines Safes, dem er ein kleines rotes Buch entnahm.

»Darauf haben es die Einbrecher abgesehen«, sagte er triumphierend. »Der Code! Der Sternencode!«

3

Tim Leonard starrte den Professor an.

»Ich verstehe Sie nicht, Mr. Colson«, sagte er verblüfft. »Sie meinen, das Buch ist ein Code – ein ganz normaler Handelscode?«

Colson schüttelte den Kopf.

»Nein, mein Junge«, sagte er ruhig. »Das ist weit

mehr als ein Code. Das ist ein Wörterbuch – ein Lexikon von fast sechstausend Wörtern, die einfachste und doch bedeutungsreichste Sprache, die es je gegeben hat! Daran liegt es wohl auch, daß sie um so vieles klüger sind als wir«, meinte er nachdenklich. »Ich weiß noch nicht, in welchem Prozeß diese Sprache entstanden ist, aber jedenfalls steht fest, daß sie als universelles Verständigungsmittel dient.«

Er wandte sich dem fassungslosen jungen Mann lächelnd zu.

»Sie sprechen Englisch, vielleicht auch Französisch; Sie verstehen ein paar Worte Deutsch, Spanisch oder Italienisch. Wenn man diese Sprachen nennt, stellt man sich vermutlich vor, daß man die wichtigsten erwähnt hat, daß die höchste Ausdrucksfähigkeit der menschlichsten Sprache in einer oder der anderen, vielleicht auch in allen diesen Sprachen zusammengefaßt ist. Dabei gibt es am oberen Kongo einen Stamm mit einem Wortschatz von viertausend Wörtern, der alle ihre Hoffnungen, ihre Leiden und Freuden auszudrücken vermag. Und in diesen viertausend Wörtern ist die Summe ihrer Poesie, Geschichte und Wissenschaft beschlossen! Wenn wir so intelligent wären, wie wir uns einbilden, würden wir die Sprache dieser Afrikaner als Weltsprache übernehmen.«

In Tims Gehirn geriet alles durcheinander: Code, Sprachen, Afrikaner, und das mysteriöse ›sie‹ . . . Offenbar waren Dawes' Andeutungen nicht ganz ohne Grundlage, und der alte Professor hatte durch Überarbeitung geistig gelitten.

Colson schüttelte den Kopf, als begreife er, was in dem jungen Mann vorging.

»Nein, ich bin nicht wahnsinnig«, sagte er, als er das Buch wieder in den Safe legte, die Tür zusperrte und den Schlüssel einsteckte. »Außer, man hält das hier für ein Symptom meines Wahnsinns.«

Er wies auf den Wirrwarr von Instrumenten, und Tim hörte wie im Traum die Erklärungen seines Begleiters, der Funktion und Zweck der verschiedenen Instrumente darlegte.

Die meisten Dinge waren ihm böhmische Dörfer, denn der Professor verfügte über ein technisches Wissen, dem sein Schüler nichts entgegenzusetzen hatte. Es war, als stehe ein Professor für höhere Mathematik vor einer Volksschulklasse und bemühe sich, die komplizierteren Aspekte der Tensorrechnung darzustellen. Ab und zu erkannte Tim irgendeine Formel oder vermochte zumindest, den Sinn des Gesprochenen intuitiv zu erfassen, aber die meiste Zeit gebrauchte der alte Mann eine Sprache, die ihm völlig unverständlich war.

»Ich fürchte, daß Sie mir da schon zu weit voraus sind, Sir«, sagte er lächelnd. Der alte Mann nickte.

»Ja, Sie haben viel zu lernen«, erwiderte er, »aber es muß sein!«

Er blieb vor einem großen Glaskasten stehen. Dieser enthielt eine Maschine, die Tim für das winzige Modell eines Kolbenmotors hielt, wenngleich Dutzende kleiner Kolben sich in Zylindern bewegten, die in allen möglichen Winkeln am Gehäuse befestigt waren. Jeder Kolben schien unabhängig von den anderen zu arbeiten, ohne daß sich hätte ein Resultat erkennen lassen.

»Was ist das hier, Sir?«

Colson rieb sich nachdenklich das Kinn.

»Ich muß versuchen, die Beschreibung Ihrem Begriffsvermögen anzupassen«, sagte er. »Es wäre nicht falsch, das Gerät hier als ›Schallsieb‹ oder ›Schallfilter‹ zu bezeichnen. Andererseits ist das natürlich auch wieder nur ein Vergleich.«

Er drehte an einem Schalter, und ein Dutzend farbiger Lichter glomm in der emsigen Maschine auf, erlosch wieder. Das Summen, das Tim wahrgenommen hatte, zerbrach in stakkatoartige Morselaute. Colson betätigte den Schalter noch einmal, und die Maschine produzierte wieder monotones Summen.

»Gehen wir in die Bibliothek«, sagte der Professor plötzlich.

Er verließ nach Tim das Zimmer, knipste das Licht aus und schloß die Tür zweimal ab, bevor er seinen Begleiter beim Arm nahm und ihn in die Bibliothek zurückführte.

»Ist Ihnen klar, Leonard«, sagte er, als er die Tür hinter sich zumachte, »daß es hier auf der Erde Laute gibt, die gar nicht ins menschliche Gehirn dringen? Die niedriger entwickelten Tiere, für Vibrationswellen empfindlicher als wir, können Geräusche wahrnehmen, die das menschliche Ohr überhaupt nicht mehr registriert. Man hat bei der Annäherung des Mars an die Erde Radioteleskope eingesetzt, in der Hoffnung, irgendeine verständliche Nachricht auffangen zu können. Aber was haben die Leute eigentlich erwartet? Eine Funkverbindung, wie sie zwischen zwei Schiffen besteht? Unterstellen wir einmal, daß wirklich jemand Signale sendet – nicht vom Mars aus, weil es dort kein dem menschlichen vergleichbares Leben gibt, sondern von irgendeiner – irgendeiner anderen Welt, ob sie nun groß ist oder klein. Wäre es da nicht wahrscheinlich, daß die Signale von einer Art sind, die kein bisher von den Menschen entwickeltes Gerät in eine hörbare Frequenz verwandeln kann?«

»Glauben Sie denn, Sir, daß solche Signale aus dem Weltraum kommen?« fragte Tim überrascht.

Professor Colson neigte den Kopf.

»Zweifellos. Mindestens drei Welten senden uns Signale«, sagte der Wissenschaftler. »Manchmal unterläuft den Leuten ein technischer Bedienungsfehler, und es kommt zur ungewollten Ausstrahlung von Frequenzen, die auf der Erde empfangen werden können und einer Quelle auf dem Mars zugesprochen werden. Eines der drei Signale kommt aus einem Sonnensystem, das wahrscheinlich Tausende von Lichtjahren entfernt ist. Mit anderen Worten, von einem Planeten, der Teil eines für uns nicht sichtbaren Systems ist. Selbst das beste Teleskop reicht für solche Zwecke nicht aus! Ein anderes, noch schwächeres Signal, stammt von einem unentdeckten Planeten jenseits der Neptunbahn.«

»Aber jenseits der Neptunbahn könnte doch kein Leben existieren?« meinte Tim.

»Nicht in dem Sinne, wie wir es verstehen«, erwiderte der Professor. »Ich gebe zu, daß diese Signale sehr undeutlich und vor allem unentzifferbar sind. Aber der dritte Planet —«

»Ist das Ihr Planetoid 127?« fragte Tim erregt.

Colson nickte.

»Ich habe Sie gebeten, heute hier zu bleiben, weil ich Ihnen etwas erzählen will, das für mich, wenn nicht für die ganze Wissenschaft, von lebenswichtiger Bedeutung ist. Ich bin ein alter Mann, Leonard, und habe wohl nicht mehr allzu viele Jahre vor mir. Ich möchte mein

Geheimnis mit jemandem teilen – mit einem Menschen, der meine Arbeit fortsetzen kann, wenn ich nicht mehr bin. Ich habe über diese Probleme viel nachgedacht und mir überlegt, wer von den bedeutenden Wissenschaftlern unseres Zeitalters in Frage käme. Aber das sind zum größten Teil auch schon alte Männer. Ich brauche unbedingt einen Assistenten, der noch ein langes Leben vor sich hat, und da bin ich auf Sie verfallen.«

Für ein paar Augenblicke lastete die große Verantwortung, die ihm der Professor auferlegte, wie ein Alpdruck auf dem jungen Mann. Aber die Neugierde der Jugend, der abenteuerliche Geist im Innern jedes jungen Menschen, setzte sich durch und entflammte seine Begeisterung.

»Das wäre wunderbar, Sir«, sagte er. »Ich verstehe natürlich von Astronomie nicht allzuviel –«

»Das spielt keine Rolle«, unterbrach ihn der Professor. »Ich kann Ihnen alles beibringen, was Sie wissen müssen.«

»An mir soll's nicht liegen«, meinte Tim. »Sie wollten mir von Ihrem Planetoid 127 erzählen?«

»Ja«, sagte er. »Darum geht es. Ich habe nichts dem Zufall überlassen. Wie gesagt, ich bin schon ein alter Mann und muß jederzeit mit dem Schlimmsten rechnen. Während der letzten Monate habe ich mir die Mühe gemacht, die Geschichte meiner außergewöhnlichen Entdeckung schriftlich niederzulegen. Diese Entdeckung wurde durch jahrelange theoretische und praktische Arbeit mit Hilfe der Instrumente ermöglicht, die eine Verbindung mit dieser seltsamen und beinahe erschrekkenden Welt hergestellt haben.«

Es hatte den Anschein, als wolle er Genaueres berichten, und Tim lauschte atemlos, aber der alte Mann wechselte plötzlich das Thema.

»Wollen Sie sich nicht das Haus ansehen?« fragte er, und sie verbrachten die nächste Stunde damit, die Reihe von Anbauten zu besichtigen.

Während Tim herumgeführt wurde, begann ihm klarzuwerden, daß Hildreths Anklage nicht der Wahrheit entbehrte, daß Colson also tatsächlich spekulierte. Haus und Land mußten Tausende gekostet haben; die Umbauten der letzten Jahre, die Aufstellung des Teleskops – als Colson den Preis erwähnte, wurde es Tim beinahe schwarz vor den Augen – waren nur einem Mann von unbegrenztem Einkommen möglich gewesen. Dabei wäre Tim gerade auf diese Vermögensquelle zuletzt gekommen, weil Professor Colson nicht der Typ des harten, raffinierten Geschäftsmannes war und es schwerfiel, sich ihn als erfolgreichen Börsenspekulanten vorzustellen.

Als Colson das Tor zur großen Garage öffnete, erwartete der junge Mann, besonders teure und große Autos vorzufinden, aber der große Raum enthielt nichts als das alte Motorrad, das die Studenten in Mildram zur Genüge kannten.

»Nein, ich habe keinen Wagen«, erwiderte Colson auf Tims Frage. »Ich habe so wenig Zeit, und ein Motorrad genügt mir vollauf.«

Sie aßen um acht Uhr zu Abend. Weder während der Mahlzeit noch nachher kam Professor Colson noch einmal auf seine Entdeckungen zu sprechen. Gegen zehn Uhr zeigte er Tim eines der Fremdenzimmer, und der junge Mann lag schon im Bett, als an die Tür geklopft wurde.

»Herein, Sir«, sagte er, und der Professor öffnete die Tür. Von seinem Gesicht konnte Tim ablesen, daß etwas geschehen sein mußte.

»Leonard«, sagte er, und seine Stimme klang plötzlich scharf und fremdartig. »Erinnern Sie sich an die Stimme . . . aus dem Empfänger? Ich war nicht in der Bibliothek, als die Nachricht kam, deswegen konnte ich sie nicht richtig hören.«

Tim entsann sich der geheimnisvollen Stimme, die in der Bibliothek aus der Öffnung über dem Kamin gedrungen war.

»Ja, Sir. Sie sagten mir, es sei Colson gewesen —«

»Ich weiß, ich weiß«, sagte der Professor ungeduldig. »Sagen Sie mir nur, wie die Stimme geklungen hat.«

Sein Ton war beinahe nörglerisch. Er schien schwere Sorgen zu haben.

»Ich habe nur noch ein paar Worte gehört. War es eine rauhe, tiefe Stimme, ähnlich der meinen?«

Tim schüttelte den Kopf.

»Nein, Sir«, erwiderte er erstaunt. »Es war eine sehr dünne Stimme, beinahe jammernd . . .«

»Jammernd?«

Die Frage war fast ein Schrei.

»Ja, Sir.«

Colson rieb sich das Kinn.

»Das ist seltsam«, sagte er, halb zu sich selbst. »Ich habe den ganzen Abend versucht, ihn zu erreichen — und normalerweise gibt es kaum Schwierigkeiten. Ich habe die Trägerwelle empfangen . . . Warum meldet sich dann sein Assistent . . .? Ich habe ihn schon drei Tage nicht mehr gehört. Was hat er gesagt?«

Tim berichtete ihm, so gut er sich erinnern konnte, vom Inhalt der übermittelten Nachricht.

Der Professor schwieg lange Zeit.

»Er spricht englisch nicht besonders gut – ich meine den Assistenten –, und es fällt ihm dementsprechend schwer, in Worte zu kleiden, was . . . Sie wissen ja, unsere Sprache ist recht kompliziert.«

Dann fügte er lächelnd hinzu: »Ich wollte Ihren Schlaf nicht stören.«

Er ging langsam zur Tür.

»Wenn irgend etwas passieren sollte, finden Sie meinen Bericht an der zweckmäßigsten Stelle.« Er lächelte schwach. »Ich bin eben kein besonders guter Steinmetz.«

Mit diesen rätselhaften Worten verabschiedete er sich.

Tim warf sich eine Weile unruhig hin und her und fiel endlich in einen alptraumhaften Schlaf.

Plötzlich, mitten in der Nacht, zerriß ein peitschendes Geräusch die Stille.

Tim Leonard setzte sich in seinem Bett auf. Er war schweißüberströmt. Er wußte nicht, was ihn geweckt hatte. Trotzdem sprang er aus dem Bett und rannte auf den Korridor hinaus. Es war totenstill. Nach einer Weile hörte er eine Tür gehen, dann meldete sich die schwankende Stimme des Butlers.

»Ist etwas passiert, Sir?«

»Was haben Sie gehört?« fragte Tim.

»Ich glaube, einen Schuß.«

Tim raste die Treppe hinunter, wäre in der Dunkelheit beinahe hingefallen, erreichte den Durchgang zur Bibliothek und zur Tür mit der Aufschrift ›Planetoid 127‹.

Die Bibliothek war leer: die zwei Tischlampen waren angeknipst, verbreiteten aber nur trübes Licht. Ein Blick bewies ihm, daß der Professor hier nicht zu finden war.

Es gab für Tim keinen Zweifel, daß er im Schlaf einen Aufschrei des alten Mannes gehört hatte. Er schaltete das Licht im Korridor ein, drückte auf die Klinke zum Planetoidenzimmer und fand die Tür zu seiner Verblüffung nicht abgesperrt.

Im Zimmer war es dunkel, aber wieder verließ er sich auf sein Gedächtnis. In der Nähe der Tür befanden sich vier Lichtschalter, die er Augenblicke später gefunden hatte. Schon beim Öffnen der Tür war ihm der scharfe Geruch nach Schießpulver aufgefallen, und als das Licht aufflammte, war er auf den Anblick, der sich ihm bot, eigentlich nicht ganz unvorbereitet.

Die kleine Maschine, die Colson als ›Schallsieb‹ bezeichnet hatte, war zerstört. Ein anderes Instrument war umgeworfen worden; durchgeschnittene Drähte baumelten von der Decke und den Wänden. Aber Tims ganze Aufmerksamkeit galt der Gestalt, die auf dem Boden vor dem geöffneten Safe lag.

Es war Professor Colson. Tim wußte instinktiv, daß der alte Mann tot war.

4

Colson war tot!

Er war aus nächster Nähe erschossen worden, das zeigten die schwarzen Sengspuren am Kopfhaar. Tim warf einen Blick über die Schulter zur Tür, wo der zitternde Butler stand.

»Verständigen Sie die Polizei«, sagte er. Als der Butler sich auf den Weg gemacht hatte, benützte Tim die Gelegenheit, um den Raum zu durchsuchen.

Die Zerstörungen, die der unbekannte Mörder angerichtet hatte, verrieten Eile, ließen aber an Gründlichkeit nichts vermissen. Ein halbes Dutzend empfindlicher Apparaturen, von deren Zweck Tim keine Ahnung hatte, war zertrümmert worden; zwei aus dem Zimmer hinausführende Stromkabel hatte man durchgeschnitten, aber der Safe war offenbar nicht mit Gewalt geöffnet worden, weil sich der Schlüssel noch im Schloß befand. Der junge Mann war überzeugt davon, daß ihn der Schuß geweckt hatte, und es kam ihm zum Bewußtsein, daß der Safe erst nach dem Mord geöffnet worden sein mußte.

Einer der schweren Rolläden an den Fenstern war aufgesprengt worden, die Fensterflügel standen offen. Ohne zu zögern, sprang Tim hinaus und landete auf einem Blumenbeet. Wohin hatte sich der Mörder gewandt? Nicht zur Straße, soviel stand fest. Es gab nur einen Fluchtweg, den Pfad zum toten Wasserarm.

Hastig überdachte er die Situation: Er war unbewaffnet, und selbst wenn der Mörder nicht mehr im Besitz der Schußwaffe sein sollte, konnte Tim gegen einen kräftig gebauten Mann nichts ausrichten. Er hantelte sich an der Fensterbrüstung empor und sprang ins Zimmer. In diesem Augenblick tauchte der Butler wieder auf.

»Ich habe die Polizei angerufen, die Beamten sind schon unterwegs«, sagte er.

»Haben Sie eine Waffe im Haus, irgendeine?« stieß Leonard hervor.

»Im Wandschrank in der Diele, Sir.«

Tim lief den Korridor entlang, riß die Schranktür auf, fand ein Jagdgewehr und zum Glück auch eine Schachtel Patronen. Er nahm noch eine Stablampe an sich, dann stürzte er ins Freie und erreichte den zum Fluß führenden Pfad.

Er hatte sofort die Lampe angeknipst und genoß daher dem Verfolgten gegenüber einen Vorteil, weil dieser sich im Dunkeln fortbewegen mußte.

Als Tim sich dem Fluß näherte, hörte er das Knacken von Zweigen. Er schien sein Opfer gestellt zu haben.

»Halt, oder ich schieße!« schrie er.

Die Worte waren kaum aus seinem Munde, als in der Dunkelheit Mündungsfeuer aufblitzte. Die Kugel pfiff an seinem Kopf vorbei und grub sich in einen Baumstamm. Tim knipste sofort das Licht aus. Er hielt das Gewehr unter dem Arm, den Finger am Abzug, und schlich langsam weiter.

Der andere mußte den Fluß fast schon erreicht haben; der Boden fiel steiler ab.

Es blieb eine Weile still, dann hörte Tim ein Aufklatschen, gefolgt von einem hohlen, dumpfen Geräusch. Jemand war in ein Boot gesprungen.

Augenblicke später begann ein Motor leise zu tuckern. Der Flüchtende hatte gut vorgesorgt.

Als Tim das Ufer erreichte, sah er schon den dunklen Schatten des Bootes im Schutz der herabhängenden Weiden davongleiten. Er legte an und drückte ab. Wieder pfiff eine Kugel an ihm vorbei.

Tim schoß noch einmal. Selbst wenn er den Mörder nicht traf, würde er auf jeden Fall den Schleusenwärter wecken.

Als das kleine Motorboot in die freie Fahrrinne gelangte, sah Tim, daß es langsamer wurde und fast zum Stillstand kam.

Einen Augenblick lang schien es Tim, als wolle der Verfolgte umkehren, aber dann begriff er plötzlich, was geschehen war: Der tote Nebenarm des Flusses erstickte fast unter dem Pflanzenwuchs, und die Schraube mußte sich in den Schlinggewächsen verfangen haben. Wenn nur hier irgendwo ein Boot vertäut gewesen wäre! Vergebens leuchtete er das Ufer ab.

Peng!

Die Kugel verfehlte ihn um Millimeter. Er knipste hastig das Licht aus und wartete. Vom Wasser her konnte er deutlich hören, daß jemand sich bemühte, die Schraube von den Schlingpflanzen zu befreien. Er hob das Gewehr an die Schulter und drückte ab.

Diesmal war der Schuß nicht danebengegangen, denn er hörte einen wütenden Aufschrei. Aber ein paar Sekunden später begann der Motor zu dröhnen, und das Boot schoß davon. Tim kehrte ins Haus zurück.

Im Planetoidenraum befanden sich zwei Polizeibeamte. Der eine kniete vor dem Toten, der andere besichtigte die zerstören Apparaturen.

Tim betrat aufgeregt und schwitzend das Zimmer.

Sein Schlafanzug war bei der Verfolgungsjagd durch Wald und Gebüsch zerfetzt worden.

Mit wenigen Worten beschrieb er, was er gesehen hatte, und während einer der Polizeibeamten telefonisch die Schleusenwärter verständigte, erstattete er Bericht über die anderen Ereignisse des Abends, soweit er mit ihnen vertraut war.

»Man hat also schon mehrere Einbrüche riskiert«, meinte der Sergeant. »Es würde mich nicht überraschen, wenn es sich um ein und denselben Täter handelte. Was halten Sie davon?«

Er hielt Tim ein Blatt Papier hin. Es war mit Colsons Schriftzügen bedeckt. Tim überflog es.

»Es sieht fast so aus, als hätte er eine Nachricht mitgeschrieben. Er scheint sie abgehört zu haben – der Kopfhörer liegt neben ihm«, sagte der Beamte. »Aber woher sollen diese Informationen stammen?«

Tim las:

›Colson wurde in der dritten Abteilung der ersten Tagesperiode von Verbrechern umgebracht. Niemand weiß, wer die Verantwortung dafür trägt, aber die Korrektoren haben eine Untersuchung eingeleitet. Colson sagte, daß auf der Insel im Gelben Meer ein schweres Erdbeben stattgefunden habe. Das sei in der sechsten Tagesperiode gewesen und habe vielen das Leben gekostet. Die Gegend entspricht Japan, aber wir nennen sie die Insel des Gelben Meeres. Die großen Ölfelder am Inland-Meer melden riesige Petroleumvorkommen, und die Besitzer konnten in den letzten Tagen ein Millionenvermögen scheffeln. Es wird –‹

Hier endete der Text.

»Was meint er mit ›Colson wurde in der dritten Tagesperiode‹ umgebracht?« sagte der Polizeibeamte verwundert. »Er muß gewußt haben, daß man ihn beseitigen wird . . . Ich komm' da nicht mit.«

»Ich auch nicht«, sagte Tim betroffen.

Um elf Uhr trafen gleichzeitig Inspektor Bennett von Scotland Yard und Mr. Colsons Anwalt ein – letzterer ein dicker, älterer Mann, der sofort seine Aussage machte.

»Der arme Colson hat immer mit einem solchen Ende gerechnet. Er war mit einem mächtigen Mann verfeindet und erzählte mir erst vor zwei Tagen, daß sein Gegner vor nichts zurückschrecken würde.«

»Hat er seinen Namen genannt?« fragte der Kriminalbeamte.

Tim wartete atemlos, weil er erwartete, nun Hildreths Namen zu hören, aber der Anwalt schüttelte den Kopf.

»Warum waren Sie überhaupt bei ihm? Hatte die Zusammenkunft einen besonderen Grund?«

»Ja«, sagte Stamford, der Rechtsanwalt. »Ich bin hergekommen, um ein Testament aufzusetzen, in dem dieser junge Mann hier als Alleinerbe genannt wird!«

»Ich?« sagte Tim ungläubig. »Das ist doch ganz bestimmt ein Irrtum!«

»Nein, Mr. Leonard. Ich will nicht verschweigen, daß ich ihn, als er mir erklärte, wie er sein Vermögen zu verteilen gedenke, dringend gebeten habe, sein Geld nicht einem Menschen zu hinterlassen, der, soviel ich weiß, ein Fremder für ihn war. Aber Mr. Colson hatte sehr großes Vertrauen in Sie gesetzt und meinte, er habe Zeit genug gehabt, Ihren Charakter zu studieren. Für ihn gebe es keinen Zweifel, daß Sie seine Arbeit fortsetzen könnten. Das war nämlich seine größte Sorge, die Gefahr, daß er für sein Lebenswerk keinen Nachfolger finden könnte. Eine Klausel im Testament sieht vor, daß Sie sofort über seinen Besitz verfügen können.«

Tim runzelte die Stirn.

»Ich finde mich einfach nicht zurecht«, sagte er. Aber plötzlich schien ihm eine Idee zu kommen. »Vielleicht meint er seine Spekulationen. Von der Börse verstehe ich überhaupt nichts. Hat man über den Mann in dem Motorboot etwas in Erfahrung gebracht?«

Inspektor Bennett nickte.

»Das Motorboot wurde in einem Nebenarm der Themse gefunden«, erwiderte er. »Der Mörder muß dort gelandet sein und seinen Weg zu Fuß fortgesetzt haben. Wußten Sie übrigens, daß er verletzt ist? Wir haben Blutspuren im Boot gefunden.«

»Ich habe mir schon gedacht, daß ich ihn getroffen habe.«

Am späten Nachmittag machte man eine sensationelle Entdeckung. Fünf Kilometer flußabwärts fand man im Unterholz die Leiche eines Mannes. Er war mit einem Revolverschuß niedergestreckt worden.

»Das ist ganz ohne jeden Zweifel der Gesuchte«, sagte der Inspektor, der die Nachricht ins Haus brachte. »Er hatte eine Schußwunde an der Schulter.«

»Ich habe doch gar keinen Revolver benützt«, sagte Tim verwirrt.

»Aber ein anderer«, erwiderte der Beamte von Scotland Yord. »Tote reden nicht.«

»Wo ist er gefunden worden?«

»In der Nähe von Mr. Charles Hildreths Anlege-platz.«

»Hildreth?« Tim starrte ihn mit offenem Mund an. »Hat Hildreth hier in der Nähe einen Besitz?«

»O ja – ganz in der Nähe der Fundstelle.« Der Kriminalbeamte starrte Tim durchdringend an. »Was wissen Sie über Mr. Hildreth?«

Tim erzählte mit kurzen Worten von dem Gespräch, dem er beigewohnt hatte. Der Kriminalbeamte runzelte die Stirn.

»Es ist aber doch wohl nur ein Zufall, daß dieser Mann auf seinem Grundstück gefunden wurde«, sagte er. »Mr. Hildreth ist ein sehr geachteter Mann, nebenbei übrigens auch Friedensrichter.«

Trotzdem klang seine Stimme nicht überzeugt. Tim hatte den Eindruck, daß Bennett von Hildreth nicht soviel hielt, wie man nach seinen Worten hätte vermuten können.

Einige Zeit danach lieh sich Tim das alte Motorrad des Professors aus, fuhr nach Bisham und unterrichtete Chap West und seine Schwester. Das Mädchen war entsetzt.

»Aber Tim, das ist ja nicht zu fassen!« sagte sie. »Welchen Grund können denn diese Leute gehabt haben? Der arme, alte Mann!«

Als Chap sich von seinem Schock erholt hatte, offerierte er kurz nacheinander ein halbes Dutzend Theorien, eine unwahrscheinlicher als die andere. Aber seine Vermutungen brachen in sich zusammen, als Tim ihm von Colsons Testament berichtete.

»Ich bin für die Aufgabe, die er mir gestellt hat, völlig ungeeignet«, sagte Tim ruhig. »Aber ich will trotzdem seine Arbeit fortsetzen und versuchen, mit Hilfe von Fachleuten die zerstörten Geräte nachzubauen.«

»Was, glaubst du, steckt dahinter?«

Tim schüttelte den Kopf.

»Etwas, das jedenfalls über meinen Horizont geht«, erwiderte er. »Mr. Colson hat eine Entdeckung gemacht, aber wir wissen immer noch nicht, worum es sich dabei handelt. Als ich zum letztenmal mit ihm sprach, erzählte er mir, daß er einen ausführlichen Bericht über seine Arbeit niedergeschrieben habe. Ich muß das Manuskript unbedingt finden. Außerdem ist ja da immer noch der Stein im Garten mit den seltsamen Zahlen und Buchstaben. Den Text müssen wir auch noch entziffern.«

»Kannst du dir vorstellen, was für eine Entdeckung das gewesen sein soll?« erkundigte sich Chap.

»Ja, ich glaube schon«, sagte Tim. »Mr. Colson hat ganz zweifellos mit einem anderen Planeten in Verbindung gestanden!«

5

»Also doch der Mars!« rief Chap triumphierend.

»Eben nicht«, unterbrach ihn seine Schwester zornig. »Mr. Colson hat uns klipp und klar erklärt, daß es auf dem Mars kein Leben gibt.«

»Was für ein Planet ist es dann, Tim?« fragte er.

»Ich habe keine Ahnung.« Tim schüttelte den Kopf. »Natürlich habe ich mit seinen beiden Gehilfen gesprochen, aber er hatte sie nicht ins Vertrauen gezogen. Das

Einzige, was sie mir verraten konnten, ist, daß er die Empfangsanlage genau auf die Sonne ausgerichtet hatte, sobald er die geheimnisvollen Stimmen belauschte. Ihr wißt sicher, daß er keine normale Antenne, sondern eine Art Hohlspiegel verwendet hat.«

»In Richtung Sonne?« fragte Chap verblüfft. »Aber das wäre doch sinnlos! Ich bin zwar kein Fachmann, aber soviel verstehe ich von Physik, daß auf der Sonne keine Art von Leben existieren kann! Ihr wißt ja selbst, wie hoch die Temperatur dort ist... Und außerdem kann man ja nicht direkt in die Sonne sehen. Das wäre viel zu gefährlich...«

»Weiß ich alles«, sagte Tim, der geduldig zugehört hatte, »aber eine Tatsache steht fest: der Hohlspiegel war nicht nur direkt auf die Sonne gerichtet, sondern eine Maschine sorgte auch dafür, daß er zu jeder Tageszeit dem Lauf der Sonne folgen konnte, auch wenn der Himmel bewölkt und die Sonne dadurch unsichtbar war. Kein Zweifel, das Ganze klingt unglaubwürdig, aber Colson war völlig bei Verstand. Wir haben die Stimme ja selbst deutlich hören können.«

»Von welchem Planeten könnte sie dann stammen?« fragte Chap. »Du brauchst sie ja bloß einmal alle durchzugehen. Wenn wir Mars und Sonne beiseite lassen, wo soll dann diese neue Welt sein? Venus, Merkur, Jupiter, Saturn, Neptun, Uranus, Pluto – ich bitte dich! Du wirst doch nicht behaupten wollen, daß er einen der Asteroiden gemeint hat? Ceres, Pallas, Juno, Vesta...?«

»Ich bin genauso schlau wie du – aber das eine weiß ich: ich werde nach dieser Welt suchen, und wenn es mein ganzes Leben in Anspruch nimmt.«

Tim kehrte nach ›Helmwood‹ zurück. Man hatte die Leiche des alten Mannes abtransportiert, Haus und Garten schienen voll von Kriminalbeamten zu sein. Auch Stamford, der Rechtsanwalt, war zugegen, als Tim zurückkam. Er nannte ihm eine Reihe von Namen und Anschriften, die seiner Ansicht nach dem jungen Mann nützlich sein konnten.

»Ich weiß nicht recht, ob ich auf Börsenmakler neugierig bin«, sagte Tim und starrte die Liste bedrückt an.

»Das weiß man nie«, erwiderte Stamford. »Schließlich hat Mr. Colson doch erwartet, daß Sie seine Arbeit fortsetzen. Wahrscheinlich gehört es deshalb auch zu Ihren Pflichten, seine Finanzspekulationen weiterzubetreiben. Ich weiß zufällig, daß er die Börsenkurse sehr genau verfolgt hat.«

Er wies auf einen Packen von Wirtschaftszeitschriften, die ungeöffnet auf dem Tisch lagen. Tim nahm eines der Blätter, faltete es auseinander und überflog die Spalten. In der Hauptsache erschienen ihm die Meldungen unverständlich. Er sah lediglich lange Reihen von Zahlen, mit denen er nichts anfangen konnte. Aber dann fiel sein Blick auf eine Schlagzeile:

»Schwarzmeer-Erdöl-Syndikat.
Charles Hildreths pessimistischer Bericht
an Aktionäre

Gestern nachmittag fand im ›Cannon Street Hotel‹ eine Aktionärssitzung des Schwarzmeer-Erdöl-Syndikats statt. Mr. Charles Hildreth, der Vorstandsvorsitzende, erklärte dabei, den Aktionären nur unerfreuliche Nachrichten bieten zu können. Eine Anzahl der Bohrungen sei erfolglos abgebrochen worden, aber man arbeite an anderen Stellen weiter, obgleich wenig Hoffnung auf Fündigkeit bestehe.«

Tim zog die Brauen zusammen. Schwarzmeer-Erdöl-Syndikat? Hildreth? Er stellte dem Anwalt eine Frage.

»O ja«, sagte Stamford. »Hildreth ist im Erdölgeschäft stark vertreten. Es heißt sogar, daß er versucht haben soll, Kurse auf unlautere Weise zu beeinflussen.«

»Wieso? Das verstehe ich nicht«, sagte Tim.

»Von meinem, übrigens sehr zuverlässigen Informanten habe ich erfahren«, fuhr der Anwalt fort, »daß Hildreth durch Veröffentlichung pessimistischer Berichte den Kurs drückte und einen Teil der Aktionäre dazu veranlaßte, ihre Papiere zu niedrigem Preis abzustoßen. An diesen Gerüchten muß nicht unbedingt etwas wahr sein: Das Schwarzmeer-Erdöl-Syndikat hat bisher tatsächlich keine größeren Erfolge verbuchen können. Andererseits besteht natürlich die Möglichkeit, daß er über nur ihm zugängliche Informationen verfügt, die zu einer anderen Beurteilung Anlaß geben.«

»Zum Beispiel?« meinte Tim.

»Vielleicht haben die Techniker an anderer Stelle größere Erdölfunde gemacht. Wenn man nun diese Tatsache geheimhält, kann man die Aktien billig kaufen. Sobald aber die Wahrheit bekannt wird, geht der Kurs steil in die Höhe. Dabei lassen sich Millionen verdienen.«

Tim las den Text noch einmal durch.

»Glauben Sie, es besteht eine Chance, daß man dort Öl findet?«

Stamford lächelte.

»Ich bin Anwalt, nicht Zauberer«, sagte er gutmütig.

Nachdem er sich verabschiedet hatte, studierte Tim die Zeitung von neuem. Seine Gedanken kreisten unablässig um das Erdöl-Syndikat. Plötzlich sprang er auf. Darüber hatte Professor Colson ja in seiner letzten Aufzeichnung etwas verlauten lassen – über Ölfelder am Inland-Meer!

Er rannte hinaus und holte Stamford rechtzeitig ein.

»Ich möchte Aktien des Syndikats kaufen«, sagte er atemlos. »Können Sie mir sagen, wie ich das anstellen muß?«

Die Telefondrähte begannen zu summen.

Charles Hildreth war an diesem Tag nicht in seinem Büro gewesen, und als er die Abendzeitung aufschlug, studierte er gewohnheitsmäßig den Börsenteil. Noch am Morgen waren die Aktien des Erdöl-Syndikats mit 3 Shilling notiert worden. Sein Blick fiel auf eine fettgedruckte Nachricht:

›Hausse in Erdölaktien. Ein größeres Paket Aktien des Schwarzmeer-Erdöl-Syndikats, heute morgen noch mit 3 Shilling notiert, wurde im Laufe des Tages aufgekauft. Derzeitiger Kursstand: 2 Pfund 3 Shilling.‹

Hildreth schoß das Blut ins Gesicht

In den Wochen nach der Beerdigung Professor Colsons hatte Tim Leonard keine freie Minute. Er hatte sich mit einer Reihe von Wissenschaftlern und Technikern in Verbindung gesetzt, die nun damit beschäftigt waren, anhand der zertrümmerten Geräte das ganze Instrumentarium nachzubauen.

Sir Charles Layman, einer der führenden Wissenschaftler Englands, war von Mr. Stamford beigezogen worden, und ihm erzählte Tim alles, was er über Professor Colsons Geheimnis wußte.

»Ich habe Colson gekannt«, sagte Sir Charles. »Er war zweifellos ein Genie. Aber was Sie mir hier erzählen, führt uns doch ins Reich der Phantasie. Auf der Sonne ist Leben nicht möglich, und ich werde das Gefühl nicht los, junger Mann, daß man Sie mit diesen geheimnisvollen Stimmen hereingelegt hat.«

»Dann haben also drei Menschen gleichzeitig Halluzinationen gehabt. Mein Freund Chap West und seine Schwester waren dabei, als die Stimme zu vernehmen war. Und Mr. Colson war einfach nicht der Mann für derartige Betrügereien.«

Sir Charles spitzte die Lippen und schüttelte den Kopf.

»Ich halte das für mehr als ungewöhnlich. Ganz offen gesagt, ich begreife die Funktion dieser Instrumente nicht. Wie Colson sagte, ist es durchaus möglich, daß uns hier auf der Erde Frequenzen erreichen, die, selbst wenn sie aufgefangen werden könnten, nicht verständlich wären. Und ich bin auch überzeugt davon, daß sein sogenanntes ›Schallsieb‹ mehr als ein Verstärker war. Aber wo sollte diese geheimnisvolle Welt sein? Zugegeben, auf einem Planetoiden könnte Leben in dieser oder jener Form existieren, aber es steht doch so ziemlich fest, daß die kleinen Körper, die in der Zone zwischen Mars und Jupiter um die Sonne fliegen, nackte Felsbrocken sind, tot wie der Mond, ohne eine Spur von Atmosphäre. Es gibt tausend und einen Grund, warum auf diesen Planetoiden kein Leben existieren kann, und selbst die Andeutung, daß Leben auf der Sonne möglich sein könnte, ist einfach absurd.«

Er ging in der Bibliothek auf und ab, strich sich über den weißen Bart und zog die Brauen zusammen.

»Die meisten Wissenschaftler«, erklärte er schließlich, »stützen sich auf die Beobachtungen eines ganz bestimmten Vorgängers. Hat der Professor bei irgendeiner Gelegenheit einen Astronomen erwähnt, dessen Berechnungen er experimentell zu erhärten suchte?«

Tim überlegte eine Weile.

»Ja, Sir, ich entsinne mich, daß er ein- oder zweimal von Professor Watson, einem Amerikaner, sprach. Vor einiger Zeit hielt er einen Vortrag über Kepler, und dabei kam er auf die Entdeckungen Mr. Watsons zu sprechen.«

»Watson?« fragte Sir Charles. »Das war doch der Mann, der geglaubt hat, Vulkan gefunden zu haben, einen Planeten, der nach der Meinung einiger Leute innerhalb der Merkurbahn die Sonne umrundet. Tatsächlich sah er aber während einer Sonnenfinsternis die beiden Sterne Theta und Zeta Cancri, die sich an dem bewußten Tag etwa dort befunden haben mußten, wo Watson seinen Planeten vermutete.«

Er dachte einige Zeit nach, dann fragte er plötzlich interessiert: »Hat Professor Colson an die Existenz dieses Planeten geglaubt?«

Tim schüttelte den Kopf.

»Nein, Sir. Er lachte darüber.«

»Mit Recht«, sagte Sir Charles. »Vulkan ist ein Mythos. Theoretisch sind Planetenkörper innerhalb der Merkurbahn denkbar, aber die Wahrscheinlichkeit dafür ist äußerst gering. Sie haben keine wissenschaftlichen Daten, keine Fotos gefunden?«

Das brachte Tim auf eine Idee.

»Ja, ich habe ein Buch gesehen, das starke Vergrößerungen enthält, in erster Linie aber von einer Sonnenfinsternis«, sagte er.

»Würden Sie mir die Bilder holen?«

Tim verließ das Zimmer und kehrte mit dem großen Album zurück, das er auf den Tisch legte. Sir Charles besichtigte wortlos ein Bild nach dem anderen, dann legte er ein halbes Dutzend offenbar ähnlicher Fotografien nebeneinander und studierte sie mit Hilfe einer Lupe.

Eigentlich handelte es sich um ganz gewöhnliche Himmelsfotografien: die schwarze Scheibe der Sonne, der weiße Rand der Corona – aber anscheinend hatte Sir Charles noch etwas anderes gefunden, denn nach einer Weile tippte er mit dem Bleistift auf einen Fleck.

»Diese Fotos sind von verschiedenen Kameras aufgenommen worden«, sagte er. »Aber dieser Punkt hier ist auf allen Bildern zu sehen.«

Er deutete wieder auf das winzige weiße Pünktchen, das Tim entgangen war. Es befand sich so nah an den Flammenzungen der Corona, daß es schien, als sei es nur ein von den gigantischen Eruptionen hinausgesprühter Funke aus flüssigem Gas.

»Das ist aber vielleicht doch nur ein Staubkörnchen im Negativ?« meinte Tim.

»Aber es findet sich auf allen Negativen«, erklärte Sir Charles mit Nachdruck. »Nein. Ich bin mir noch nicht ganz sicher, aber wenn es sich dabei nicht um Theta oder Zeta Cancri handelt, befinden wir uns vielleicht auf dem richtigen Weg zur Wiederentdeckung Professor Colsons unbekannter Welt!«

Auf seine Bitte hin ließ ihn Tim allein. Sir Charles stellte mit Hilfe von Tabellen und Diagrammen komplizierte Berechnungen an.

Als Tim die Tür zumachte und sich im Korridor umdrehte, sah er, daß der alte Butler auf ihn wartete.

»Mr. Hildreth ist hier, Sir. Ich habe ihn in den blauen Salon geführt. Wollen Sie mit ihm sprechen, Sir?«

Tim nickte und folgte dem Diener.

Hildreth stand an einem Fenster, schaute auf den Rasen hinaus, die Hände auf dem Rücken verschränkt. Als er die Tür aufgehen hörte, drehte er sich hastig um.

»Mr. Leonard«, sagte er, »ich möchte mit Ihnen unter vier Augen sprechen.«

Der junge Mann schickte den Butler hinaus.

»Nun, Sir?« fragte er gelassen.

»Wie ich höre, haben Sie sich auf eine kleine Spekulation eingelassen. Für derartige Geschäfte sind Sie doch wohl noch reichlich jung«, schnarrte Hildreth.

»Meinen Sie das Schwarzmeer-Erdöl-Syndikat?« fragte Tim rundheraus.

»Allerdings. Was brachte Sie dazu, Aktien zu kaufen, Mr. Leonard – oder vielmehr, was veranlaßte Ihren Vertreter dazu? Ich nehme an, daß Sie die Transaktion nicht selbst getätigt haben.«

»Ich habe die Aktien gekauft, weil ich der Überzeugung bin, daß der Kurs steigen wird.«

Auf Hildreths scharf geschnittenem Gesicht erschien ein Lächeln.

»Wenn Sie zu mir gekommen wären«, sagte er kühl,

»hätte ich Ihnen sehr viel Geld sparen können. Der Kurs steht derzeit bei zwei Pfund und zehn Shilling; der tatsächliche Wert beträgt keine fünf Pence! Sie sind noch sehr unerfahren«, fuhr er selbstzufrieden fort, »und ich kann durchaus verstehen, daß Ihre Abenteuerlust Sie verführt hat. Aber ich war mit Colson befreundet und sehe es wirklich nicht gern, wenn Sie Ihr Geld zum Fenster hinauswerfen. Ich bin bereit, Ihnen das Aktienpaket abzukaufen.«

»Das ist sehr großzügig von Ihnen«, sagte Tim trokken, »aber ich verkaufe nicht. Was Ihre Behauptung angeht, Mr. Colson sei Ihr Freund gewesen –«

»Ein sehr guter Freund«, unterbrach ihn der andere schnell. »Wenn Sie den Leuten erzählen, wir seien Feinde gewesen, dann kann Sie das mehr kosten, als Ihnen lieb ist!«

Der drohende Unterton war nicht zu überhören.

»Mr. Hildreth«, sagte Tim in aller Ruhe, »niemand weiß besser als Sie, daß Sie zu Mr. Colson in einem sehr schlechten Verhältnis gestanden haben. Es gelang ihm mehrmals, Ihre Spekulationsabsichten zu durchkreuzen – das haben Sie selbst zugegeben. Sie waren der Meinung, er habe Informationen, die es ihm erlaubten, zu Ihrem Nachteil zu handeln, und Sie wußten, daß diese Informationen ihn über Funk erreichten, weil Ihr Beauftragter mitgehört hatte, allerdings ohne die Sprache zu verstehen, die bei dieser Nachrichtenübermittlung benützt wurde. Sie vermuteten, daß es einen Code geben müsse, und ich bin der Ansicht, daß Sie ein- oder zweimal den Versuch unternommen haben, sich diesen Code anzueignen. Ihr letzter Versuch endete mit dem Tod Professor Colsons!«

6

Hildreth wurde aschfahl.

»Wollen Sie damit andeuten, daß ich für Colsons Tod verantwortlich bin?«

»Sie waren sowohl direkt wie indirekt dafür verantwortlich«, erwiderte Tim. »Sie haben einen Mann beauftragt, das Code-Buch zu stehlen – einen Mann, der heute nachmittag als berüchtigter Verbrecher identifiziert wurde. Ob Sie ihm aufgetragen haben, sich der Schußwaffe zu bedienen, oder ob er abgedrückt hat, um seine Haut zu retten, wird man wohl nicht mehr klären können. Der Einbrecher mußte jedenfalls sterben – damit er nicht reden konnte.«

»Und wer hat ihn umgebracht?« fragte Hildreth.

»Das wissen Sie wohl am besten«, bekam er zur Antwort.

Tim öffnete die Tür ganz weit und wartete. Hildreth hatte seine Beherrschung wiedergewonnen und trat lächelnd auf den Korridor hinaus.

»Sie hören noch von mir«, sagte er.

»Vielen Dank für die Warnung«, gab Tim zurück.

Nachdem er den unwillkommenen Besucher hinauskomplimentiert hatte, machte sich Tim auf die Suche nach Stamford, der mit seinen beiden Gehilfen im Arbeitszimmer die Kapitalinvestitionen des alten Mannes überprüfte. Der Anwalt hörte schweigend zu, während Tim von der Auseinandersetzung mit Hildreth berichtete.

»Das ist ein sehr gefährlicher Mann«, sagte Stamford schließlich. »Ich weiß auch, daß er keineswegs über ein großes Vermögen verfügt, sondern vor dem Ruin steht.

Über Hildreth laufen ein paar merkwürdige Geschichten um. Ich habe gerüchteweise gehört, er sei in Australien im Gefängnis gewesen, aber es gibt ja leider keine Beweise, um ihn mit diesem Verbrechen hier in Verbindung zu bringen. Was haben Sie jetzt vor?«

»Das ›Schallsieb‹ ist wieder betriebsfähig. Die Fachleute führen heute einen Testlauf durch, obwohl ich wirklich bezweifle, daß es ihnen gelingen wird, die Verbindung herzustellen.«

Um die Mundwinkel des Anwalts zuckte ein Lächeln.

»Glauben Sie immer noch, daß Mr. Colson mit einem anderen Planeten in Verbindung stand?«

»Ich bin überzeugt davon«, sagte Tim nachdrücklich. Er kehrte in den blauen Salon zurück. Kurze Zeit später trat Sir Charles ein.

»Wie ich es mir gedacht habe«, sagte der Wissenschaftler. »Weder Zeta noch Theta! Es handelt sich eindeutig um einen klar umrissenen Körper, der sich meiner Meinung nach ziemlich weit außerhalb der Umlaufbahn des hypothetischen ›Vulcans‹ befindet. Wenn Sie sich die Rückseite der Fotografie ansehen –«

Er drehte sich um, und Tim sah, daß Professor Colson sich dort ein paar Notizen gemacht hatte.

›Ich wußte natürlich, daß das eine tote Welt war, ohne Atmosphäre, ohne Wasser. Es kann dort kein Leben geben. Ich stellte mit meiner neuen Methode eine Vergrößerung her, auf der sich eine Reihe flacher, felsiger Täler zeigte.‹

»Weiß der Himmel, was das für eine Methode gewesen ist«, sagte Sir Charles verärgert. »Der arme Colson muß einer der talentiertesten Wissenschaftler gewesen sein, die es je gegeben hat. Jedenfalls ist damit der Theorie das Lebenslicht ausgeblasen, daß die Signale von diesem planetarischen Körper stammen – wenn es sie überhaupt gibt.«

Sir Charles wartete, bis die Fachleute mit der Wiederherstellung von zwei der kompliziertesten Maschinen fertig geworden waren, aber trotz zahlreicher Versuche, die bis weit nach Mitternacht dauerten, konnten sie keine Verbindung herstellen.

Tim erklärte sich endlich enttäuscht mit der Einstellung der Versuche einverstanden.

Er kam sich vor wie in einem Alptraum.

Am nächsten Vormittag trafen Chap und seine Schwester ein, um Tim bei seiner Suchaktion zu helfen, die seit dem Tode Professor Colsons nur kurze Unterbrechungen erlitten hatte.

»Wir können einfach nichts unternehmen«, sagte Tim hilflos, »bis wir das Manuskript gefunden haben. Vorher wissen wir ja nicht einmal, was wir suchen.«

»Was ist mit dem Stein im Garten? Hilft dir der nicht weiter?« fragte Chap. »Ich würde ihn mir gerne ansehen.«

Sie gingen gemeinsam in den Garten hinaus und standen wortlos vor dem Stein mit der Aufschrift:

B	1	S	2
N	5	G	1
T	3	E	7
W	1	R	2
H	2	C	1
D	1	O	2
L	1	I	3

»Eigentlich ist das gar nicht so schwierig, wie es aussieht«, sagte Chap, der eine Leidenschaft für Kryptogramme hatte. »Es handelt sich um einen Satz, der soundsoviele E's, soundsoviele H's etc. enthält, und wenn wir diesen Satz entziffert haben, wird das Problem vielleicht schon halb gelöst sein.«

Er schrieb sich die Buchstaben und Zahlenreihen auf und brachte fast den ganzen Tag damit zu, die Chiffre aufzulösen. Es wurde Nacht, und die beiden wollten sich auf den Heimweg machen. Chap sagte plötzlich: »Glaubst du, daß es klug war, dem Reporter soviel zu erzählen?«

Ein paar Stunden zuvor hatte Tim einer Lokalzeitung ein Interview gegeben und dabei mehr über die Ereignisse vor Colsons Tod verlauten lassen, als er beabsichtigt und tatsächlich auch bei der gerichtlichen Voruntersuchung zu Protokoll gegeben hatte.

»Wenn ich mir's recht überlege«, sagte Chap, »dann ist nämlich das Manuskript des armen Professors für eine gewisse Person äußerst wichtig. Bist du noch nicht auf den Gedanken gekommen, daß unser Freund es auch auf diesen Bericht abgesehen haben könnte?«

Für Tim war das eine ganz neue Idee.

»Na klar«, sagte er langsam. »Daran habe ich noch gar nicht gedacht. Weiß der Teufel, wo ich meine Gedanken habe! Aber ich wüßte nicht, wo er das Manuskript finden könnte. Wir haben alle Mauern abgesucht, die Kellerräume durchgestöbert –«

»Wie kommst du darauf, daß es in einer Mauer versteckt sein könnte?« fragte Chap.

»Weil er erwähnt hat, er sei kein guter Steinmetz. Ich möchte annehmen – jedenfalls halte ich das für das

Wahrscheinlichste –, daß Mr. Colson das Manuskript irgendwo in einem Stein versteckt hat. Aber weiß der Teufel, wo sich die Stelle befindet.«

Nachdem Tim seine Freunde hinausbegleitet hatte, kehrte er ins Arbeitszimmer zurück. Abgesehen vom Dienstpersonal war er allein im Haus. Sir Charles hatte, begleitet von Stamford, den letzten Zug genommen.

Tim war in das Zimmer unmittelbar über der Bibliothek gezogen; nach der Verabschiedung seiner Freunde saß er fast eine ganze Stunde auf der breiten Fensterbank und schaute in den Hof hinunter, der vom schwachen Schimmer der Mondsichel erhellt wurde. Das Licht glomm geisterhaft auf dem Kryptogrammstein, und unbewußt ließ er den Blick darauf verweilen. Auch dort ein Geheimnis, wenngleich nicht so bedeutend. Aber plötzlich – er wußte nicht, ob er seinen Augen trauen durfte. Er hätte schwören können, daß eine schattenhafte Gestalt sich aus der Dunkelheit gelöst hatte und an der Hecke entlanggeglitten war.

Er schob den Fensterrahmen hoch, konnte aber nichts erkennen.

Du bist übernervös, sagte er sich und stand gähnend auf. Er schaute beiläufig noch einmal zum Fenster hinaus – und erstarrte. Jetzt gab es keinen Zweifel mehr: er konnte die undeutlichen Umrisse eines schwärzlichen Schattens ausmachen, der sich langsam auf den Kryptogrammstein zu bewegte.

Sein Puls ging schneller. Von einer Halluzination konnte keine Rede sein. Im Mondlicht war die Gestalt mit dem langen, dunklen Mantel und dem breitkrempigen Hut, der das Gesicht beschattete, jetzt deutlich zu sehen. Eine Hand berührte den Stein, und der kleine Obelisk stürzte um.

Tim überlegte nicht lange. Er stürmte hinaus und raste den Korridor entlang. Als er die Gestalt wieder zu Gesicht bekam, bückte sie sich gerade und hob etwas auf.

Das Manuskript! Tim hätte sich ohrfeigen können. Natürlich hatte der alte Mann den Bericht über seine Entdeckung unter dem Stein versteckt! Aber jetzt war nicht die Zeit, über alte Versäumnisse nachzudenken. Der geheimnisvolle Besucher war schon in der Dunkelheit verschwunden. Führte sein Fluchtweg auch zum Fluß?

Tim konnte sich nicht recht entscheiden. Er machte sich zwar auf den Weg, erkannte aber bald, daß er so sein Ziel nicht erreichen würde. Er hörte einen Motor aufbrummen und sah, als er die Anhöhe wieder hinaufstürmte, rote Schlußlichter aufglimmen. Der Wagen entfernte sich rasch.

Das große, eiserne Tor am Ende der Auffahrt war verschlossen, also verfügte er noch über einen gewissen Vorteil, wenngleich er wußte, daß er den Wagen nicht erreichen konnte, bevor es geöffnet war. Dann fiel ihm Colsons Motorrad ein. Er hatte es nach der Rückkehr von Bisham vor dem Haus abgestellt und vergessen, es in die Garage zu schieben. Ja, es stand noch da!

Er hatte kaum den Motor angelassen, als ein lautes Knirschen zu ihm drang. Der unbekannte Eindringling war einfach durchs Tor gefahren und sauste jetzt auf der Straße nach Maidenhead davon.

Tim nahm die Verfolgung auf und gab Vollgas. Der

Wagen vergrößerte zunächst seinen Vorsprung, bis er eine langgezogene Steigung erreichte. Der Abstand begann sich zu verkürzen. Tim sah, daß sich der Fahrer kurz umdrehte, Augenblicke später fiel etwas auf die Straße. Tim vermochte gerade noch rechtzeitig dem schweren Schraubenschlüssel auszuweichen. Der Wagen befand sich auf der Kuppe, als Tim ihn einholte. Ohne die Gefahr zu bedenken, streckte er den rechten Arm aus, hielt sich an der Karosserie des Kabrioletts fest und ließ das Motorrad unter seinen Beinen davonrutschen.

Ein paar Sekunden lang schien es, als könne er sich nicht festhalten. Seine Beine hingen in der Luft. Mit letzter Anstrengung zog er sich über die Tür und sank atemlos auf den Sitz hinter dem Fahrer.

Dieser schien zuerst gar nicht begriffen zu haben, was vorging, aber plötzlich drehte er sich mit einem Wutschrei um und schlug auf seinen ungebetenen Fahrgast ein.

Tim, der beide Hände frei hatte, konnte die Schläge abwehren und zum Angriff übergehen. Der Wagen geriet ins Schleudern, blieb aber auf der Straße, wurde langsamer. Eine unwillkürliche Bewegung des anderen verriet Tim, wo sich das Manuskript befand.

Tims Hand zuckte vor und fand in der Innentasche des Jacketts seines Gegners eine dicke Papierrolle. Er bemächtigte sich des Manuskripts, sah aber gleichzeitig, daß der andere einen Revolver gezogen hatte und eben abdrücken wollte.

Das Auto war fast zum Stehen gekommen. Tim sprang hinaus und warf sich über die Hecke an der Straße. Gleichzeitig hörte er einen Schuß. Die Kugel schwirrte an ihm vorbei. Er lief blindlings weiter, fast ganz außer Atem. Hinter sich hörte er den Verfolger näher kommen. Er bekam kaum noch Luft und war nicht in der Verfassung, einen Kampf auf Leben und Tod zu bestehen.

Gerade in dem Augenblick, als er glaubte, keinen Schritt mehr tun zu können, öffnete sich der Boden unter seinen Füßen, und er fiel in die Tiefe.

Eine Sekunde lang verlor er das Bewußtsein. Der Aufprall benahm ihm völlig den Atem. Er lag bewegungsunfähig da und starrte zum Sternenhimmel empor.

7

Tim sah, wie sich über den Rand des Steinbruchs, in den er gestürzt war, langsam Kopf und Schultern eines Mannes schoben. Offenbar besaß sein Gegner aber nicht den Mut, den gefährlichen Abstieg zu wagen, weil kurze Zeit danach seine Schritte verklangen. Es war totenstill.

Tim lag eine halbe Stunde da, ohne sich zu rühren. Als er wieder atmen konnte, tastete er sich ab. Der Arm schmerzte, aber er konnte ihn bewegen. Anscheinend hatte er sich nichts gebrochen. Er stand vorsichtig auf und suchte im Mondlicht auszumachen, wo er sich befand. Er war etwa zehn Meter tief gefallen, über einen steilen, steinigen Hang, befand sich aber noch keineswegs am Boden des Steinbruchs, so daß er sich nur mit ganz besonderer Vorsicht zu bewegen wagte. Einige Zeit später fand er jedoch einen Trampelpfad, der nach oben führte.

Es dauerte noch einmal zwanzig Minuten, bis er die Straße erreichte. Der Wagen war verschwunden. Er trat den Rückweg an, in der Hoffnung, sein Motorrad unbeschädigt aufzufinden, wenngleich er daran zweifelte, es noch benützen zu können. Als er die Maschine entdeckte, stellte er zu seiner Erleichterung fest, daß sie außer dem verbogenen Lenker keine größeren Schäden aufwies. Die Rückfahrt ging ohne Zwischenfälle vonstatten.

Offenbar war seine Abwesenheit entdeckt worden, weil im Haus Lichter brannten und zwei Diener die Umgebung absuchten, als er zurückkehrte.

»Ich habe den Lärm gehört, als das Tor aufgesprengt wurde, Sir«, sagte der Butler. »Zum Glück ist Ihnen nichts passiert. Jemand hat im Hof den Stein umgeworfen . . .«

Er plapperte weiter, und Tim war so froh, eine menschliche Stimme zu hören, daß er ihn nicht unterbrach.

In dieser Nacht gab es keinen Schlaf mehr für ihn. Er ließ sich starken Kaffee machen und las das Manuskript, Seite für Seite, kaum seinen Augen trauend.

Als die Sonne aufstieg und die ersten Strahlen durch das Fenster ins Arbeitszimmer drangen, saß Tim immer noch am Schreibtisch, das Kinn in die Hände gestützt, das Manuskript vor sich. Er hatte es immer wieder studiert, bis er es fast auswendig kannte.

Schließlich stand er auf, verschloß die Unterlagen im Safe, ging langsam in den Instrumentenraum und betrachtete ehrfürchtig die handfesten Beweise der genialen Begabung Professor Colsons.

Irgend etwas in seinem Innern sagte ihm, daß nie

mehr die in elektrische Stromstöße umgewandelten Laute der menschlichen Sprache durch den Wirrwarr von Drähten zucken würden, daß niemals mehr jenes merkwürdige kleine Instrument Nachrichten aus dem Weltraum aufnehmen würde. Selbst der Code war verschwunden, jenes mühsam auf ein Lexikon von sechstausend Worten reduzierte Vokabular.

Er drehte den Schalter und setzte die Maschine in Betrieb, sah die vielfarbigen Lichter schimmern und glühen. Nur soviel hatten die Techniker zu erreichen vermocht. Aber die Worte, gefiltert durch Licht und Strom, würden für immer ungesagt bleiben. Mit einem zweiten Handgriff schaltete er ein Gerät ein, das Sir Charles als Miniaturluftpumpe bezeichnet hatte. Er sah den Kolben hin- und herwandern. Wenn er nur über einen Bruchteil von Colsons Genie verfügt hätte! Seine Hand näherte sich dem Schalter, um die Geräte abzustellen, als er plötzlich hörte:

»Colson, warum melden Sie sich nicht?«

Die Stimme schien aus dem Innern der Maschine zu dringen.

Es gab nichts, was einem Lautsprecher ähnlich sah. Man hatte fast den Eindruck, als seien die Lichter und rotierenden Räder plötzlich mit einer Stimme begabt. Tims Herz schien stillzustehen.

»Colson«, flehte die Stimme, »man zerstört die Maschinen! Ich muß Ihnen das noch sagen, bevor sie hierherkommen. Er ist tot, er, der Meister, der Geniale, der Einmalige . . .«

Der Assistent! Mr. Colson hatte ihm erzählt, daß es der Assistent gewesen sein mußte, dessen Stimme sie gehört hatten. Der andere Colson war tot. Was sollte er erwidern?

»Wo sind Sie?« fragte er heiser, aber die Antwort blieb aus. Er erfuhr auch bald, warum.

Nach einer Weile fuhr die Stimme fort:

»Ich warte auf Ihre Nachricht. Melden Sie sich, Colson! In tausend Sekunden . . .«

Tausend Sekunden! Aber er war fast dreihundert Millionen Kilometer entfernt und tausend Sekunden – fast siebzehn Minuten – mußten vergehen, bis seine Stimme den Lauschenden erreichte.

Wie war es ihm gelungen, die Maschine in Betrieb zu setzen? Veilleicht hatten die Geräte auch vorher schon richtig gearbeitet, aber am anderen Ende – gleichgültig, wo es sein mochte – hatte sich niemand aufgehalten.

»Colson, sie sind hier! Leben Sie wohl!« meldete sich die Stimme. Tim hörte ein seltsames Klopfen, dann ein knirschendes, splitterndes Geräusch, als zerbreche Glas, gefolgt von einem so schrillen, markerschütternden Entsetzensschrei, daß er unwillkürlich einen Schritt zurückwich. Er wartete, wagte kaum zu atmen, aber nichts rührte sich mehr. Nach einer Weile schaltete er das Gerät ab und ging langsam auf sein Zimmer.

Als er erwachte, saß ein junger Mann an seinem Bett. Er war so zerschlagen und erschöpft, daß er Chap zuerst gar nicht erkannte.

»Wach doch auf! Ich hab' Neuigkeiten für dich«, sagte Chap und sah ihn verzweifelt an. »Die gute alte Nemesis hat sich wieder einmal eingeschaltet. Zuerst beißt der Einbrecher ins Gras, dann erwischt es seinen Auftraggeber.«

Tim setzte sich auf.

»Wen?« fragte er. »Doch nicht Hildreth?«

Chap nickte.

»Man hat ihn kurz vor Maidenhead gefunden. Sein Wagen war völlig zertrümmert. Offenbar ist er bei überhöhter Geschwindigkeit aus einer Kurve getragen worden. Jedenfalls prallte er gegen einen Baum, und sein Wagen hat nur noch Schrottwert.«

»Hildreth! Ist er tot?«

Chap nickte.

»Na klar«, sagte er ungerührt. »Vielleicht ist das besser für ihn. Bennett hat ihn schon mit einem Haftbefehl in der Tasche erwartet. Sie haben Beweise dafür, daß er den Einbrecher beauftragt hatte. Weißt du, wie spät es ist? Zwei Uhr, du Faultier, und Sir Charles und Stamford warten schon auf dich. Sir Charles hat eine Theorie –«

Tim stand auf, ging zum Fenster und schaute in den sonnenbeschienenen Garten hinunter.

»Vor den Tatsachen können Theorien nicht bestehen«, sagte er. Er schob die Hand unter das Kopfkissen und zog das Manuskript des Professors heraus. »Ich muß euch später etwas vorlesen. Ist Susan hier?«

Chap nickte.

»Ich bin in einer halben Stunde unten«, sagte Tim.

Er verband das Frühstück mit dem Mittagessen, aber erst, als sie gemeinsam in die Bibliothek gingen, erzählte er von seinen Erlebnissen in der vergangenen Nacht.

Inspektor Bennett, der bald danach eintrat, vermochte die restlichen Unklarheiten zu beseitigen.

»Hildreth war trotz seines guten Rufs ein ausgesprochener Gauner«, sagte er. »Wir haben feststellen können, daß er in Australien im Zuchthaus gesessen hat. Er baute sich eine komplizierte Funkanlage in seinem Haus, und es kann kein Zweifel daran bestehen, daß er Jahre hindurch durch das Abhören von geheimen Mitteilungen sehr viel Geld verdienen konnte. Auf diese Weise scheint er auch von Mr. Colsons Gesprächspartner gehört zu haben – er scheint der Meinung gewesen zu sein, daß Colson chiffrierte Nachrichten erhielt, weshalb er nichts unversucht ließ, sich in den Besitz des Code-Buches zu setzen. Übrigens haben wir die verkohlten Überreste des Buches im Wagen gefunden. Das Auto brannte völlig aus, wie Sie wahrscheinlich schon wissen. Allein das hätte genügt, um Hildreths Mittäterschaft beim Mord nachzuweisen. Zum Glück können wir uns eine Gerichtsverhandlung sparen.«

»Von dem Code hatte man nichts retten können?« fragte Tim besorgt.

Der Kriminalbeamte schüttelte den Kopf.

»Nein, Sir, nichts. Ein oder zwei Worte waren noch leserlich – zum Beispiel bedeutet ›Zelith‹ das ›Parlamentarische System der dritten Dekade‹, was immer damit gemeint sein mag. Der Code scheint sehr merkwürdig gewesen zu sein.«

»So ein Pech! stöhnte Tim. »Ich habe wirklich gehofft, die Geschichte dieser merkwürdigen Wesen beschreiben zu können. Das Buch wäre von unschätzbarem Wert gewesen.«

»Was für Wesen meinen Sie?« fragte Charles verständnislos. »Hat unser Freund Verbindung mit einem unbekannten Eingeborenenstamm aufgenommen?«

Tim mußte trotz allem lachen.

»Nein, Sir. Die beste Erklärung wird wohl sein, wenn ich Ihnen Mr. Colsons Manuskript vorlese, das ich gestern nacht gefunden habe. Es handelt sich dabei um eine der bemerkenswertesten Geschichten, die je berichtet worden sind, und ich freue mich über Ihre Anwesenheit, Sir Charles, weil Sie vielleicht Erläuterungen geben können, die mir nicht in den Sinn kämen.«

»Geht es um den Planeten?« fragte Sir Charles erregt.

Tim nickte.

»Dann haben Sie ihn gefunden! Ist es ein Planetoid –«

Tim schüttelte den Kopf.

»Nein, Sir«, sagte er leise. »Diese Welt ist so groß wie die unsere.«

»Eine Welt, die so groß ist wie die Erde, unentdeckt von unseren Astronomen? Wie weit soll sie entfernt sein?«

»Im günstigsten Falle 288 Millionen Kilometer«, sagte Tim.

»Ausgeschlossen!« rief Sir Charles. »Man hätte diesen Planeten längst gefunden. So etwas gibt es einfach nicht!«

»Man hat ihn nie entdecken können, weil er unsichtbar ist«, sagte Tim.

»Unsichtbar? Wie kann ein Planet unsichtbar sein? Der Neptun ist viel weiter von der Sonne entfernt –«

»Er ist trotzdem unsichtbar«, sagte Tim. »Und jetzt«, meinte er, als er das Manuskript aus der Tasche zog, »will ich Ihnen die Geschichte Neos erzählen. Übrigens, das Kryptogramm auf dem Stein bedeutet: ›Es gibt hinter der Sonne noch eine Welt!‹«

8

Tim legte das Manuskript vor sich auf den Tisch und begann vorzulesen.

Die Geschichte des Neos.

›Mein Name‹ – begann das Manuskript – ›ist Charles Royton Colson. Ich bin Professor an der Universität Cambridge, halte Vorlesungen in Mildram und beschäftige mich seit Jahren mit dem Studium der Hertzschen Wellen und jenem Zweig der Wissenschaft, den man allgemein als Strahlenkunde bezeichnet. In aller Bescheidenheit darf ich für mich in Anspruch nehmen, auf diesem Gebiet Nützliches geleistet zu haben. Ich bin Mathematiker und habe mehrere Handbücher über Astronomie verfaßt. Ich bin außerdem der Autor einer nicht unbekannten Arbeit über die Inklination von Planetenbahnen, außerdem dürfte den meisten Astronomen meine Abhandlung über den Stern Oyonis vertraut sein.

Über viele Jahre hinweg habe ich mich mit den Ellipsenveränderungen befaßt, fußend auf den Berechnungen und Theorien Lagranges, der meiner Meinung nach weit weniger begabt war als Professor Adams. Man sollte ihm die Entdeckung des Planeten Neptun zuschreiben . . .‹

Anschließend folgte eine lange und gelehrte Untersuchung über die Neptunbahn und ihre Beeinflussung durch Uranus.

›. . . Meine astronomischen und strahlenkundlichen Arbeiten wurden praktisch zur gleichen Zeit durchgeführt. Vor zwölf Jahren machte mich ein deutscher Wissenschaftler darauf aufmerksam, daß man auf radioteleskopischem Wege mehrmals merkwürdige Signale einer unbekannten Station empfangen habe. Er konnte zufriedenstellend nachweisen, daß diese Signale keine zufälligen Erscheinungen sein konnten, und vertrat die allseits belächelte Ansicht, daß es sich um Signale aus dem Weltraum handeln müsse.

Von verschiedenen Seiten wurde erklärt, es käme nur der Mars in Frage. Im Jahr darauf behauptete derselbe deutsche Wissenschaftler, er habe wieder gleichartige Signale empfangen, aber die Bestätigung von anderer Seite blieb aus, so daß man den Mann nicht ernst nahm.

Ein weiteres Jahr später meldeten die Funkstation auf Cape Cod und eine private Funkempfangsanlage in Connecticut solche Signale, während ein wissenschaftliches Institut in Rio de Janeiro berichtete, man habe sogar eine Stimme zu erkennen geglaubt. Man konnte sehr bald erkennen, daß es sich bei diesen Geschichten nicht um Fabrikationen handelte, weshalb ich mich mit einer Experimentieranlage, die man mir auf der Schule eingerichtet hatte, an die Arbeit machte. Nach sechs Monaten harter Arbeit gelang es mir, ein Instrument herzustellen, mit dem ich meine Theorien der praktischen Prüfung unterziehen konnte. Ich ging grundsätzlich davon aus, daß – einmal unterstellt, die Signale stammten von einer anderen Welt – eine Frequenz in Frage komme, die für menschliche Ohren unhörbar sei. Zum Beispiel gibt es eine lautlose Hundepfeife, deren Ton für das menschliche Ohr zu hoch ist, wenngleich er jedem Hund vernehmbar bleibt. Mein noch primitives ›Schallsieb‹ war kaum eine Woche in Betrieb, als ich

Signal- und Wortfetzen zu empfangen begann – unentwirrbar für mein Ohr, aber offenbar auf menschlicher Sprache beruhend. Ich konnte nicht nur empfangen, sondern auch senden, und die erste erstaunliche Entdeckung bestand darin, daß meine Stimme 1007 Sekunden brauchte, um zu meinem Gesprächspartner zu gelangen.

Für mich gab es keinen Zweifel mehr, daß ich mit den Bewohnern einer anderen Welt in Verbindung stand, obwohl ich es, um meinem Ruf nicht zu schaden, zunächst nicht wagte, meine Entdeckung publik zu machen. Nachdem ich lange Zeit komplizierte Experimente durchgeführt hatte, gelang es mir, die Stimmen zu entzerren. Offenbar war mein Gesprächspartner, genau wie ich, daran interessiert, sich verständlich machen und die Sprache seines unbekannten Partners aufnehmen zu können.

Sie können sich denken, wie schwierig es war, ohne gemeinsamen Wortschatz, ohne einander zu kennen, eine gemeinsame Grundlage zu finden, zumal man ja davon ausgehen mußte, daß wir in völlig verschiedenen Umwelten lebten. Wir begannen mit den Kardinalzahlen und hatten nach ungefähr einer Woche wenigstens diese Hürde gemeistert. Dann kam ich auf die Idee, vor meinem Mikrofon Wasser in ein Glas zu gießen und dazu das Wort ›Wasser‹ zu wiederholen. Nach einer halben Stunde hörte ich ein ähnliches Geräusch auf der anderen Seite, begleitet von einem Wort, das man in meinem Wörterbuch findet. Ich klatschte in die Hände und sagte dazu das Wort ›Hand‹. Mit diesen Hilfen konnten wir langsam unseren Wortschatz ausbauen. Allerdings brauchten wir viel Zeit dazu. In der Sprache des Planeten Neo gibt es praktisch keine Verben und nur wenige Adjektive. Das meiste wird durch eine bestimmte Tonlage der Stimme ausgedrückt, selbst die Zeitformen. Trotz alledem fiel es den Bewohnern Neos nicht besonders schwer, die englische Sprache zu erlernen.

Die ganze Zeit über suchte ich die Himmelsgegenden vergeblich nach dieser Welt ab, die, entsprechend der mir gegebenen Beschreibung, genauso groß ist wie die Erde und deshalb sichtbar sein müßte. Ich hatte Landkarten der südlichen Halbkugel, bekam Berichte der Astronomen aus Kapstadt und Brisbane, aber sie konnten mir nicht weiterhelfen. Es stand fest, daß es am Himmel keinen sichtbaren Planetenkörper gab, der die Größe Neos hatte.

Mein Hauptproblem bestand darin, daß die Stimmen von der Sonne herzukommen schienen, andererseits stand aber auch fest, daß dort kein Lebewesen zu existieren vermochte. Aber ich konnte die Stimmen nicht empfangen, wenn ich den Hohlspiegel nicht direkt auf die Sonne richtete.

Dann kam es zu der großen Sonnenfinsternis. Ich fuhr, wie man weiß, in die Südsee, um dort Beobachtungen vorzunehmen. Wir hatten gutes Wetter. Zum Zeitpunkt der totalen Finsternis machte ich ein paar ausgezeichnete Fotografien, die Sie in einem der Alben finden. Auf diesen Bildern, ebenso wie auf Fotografien anderer Astronomen, erkennt man bei genauer Betrachtung ganz in der Nähe der Corona einen winzigen Lichtpunkt, den ich zuerst für die von mir entdeckte Welt hielt. Erst nach einer Weile bemerkte ich, daß dieser Körper aus nacktem Gestein bestand und Leben nicht zu tragen vermochte.

Als ich eines Abends darüber nachdachte und in meinem Haus an der Themse die Fotografien wieder studierte, kam mir blitzartig die Erleuchtung. Dieser winzige Punkt, der kein Stern und ganz sicher auch nicht Vulkan war, mußte der Satellit einer anderen Welt sein, die sich auf derselben Bahn wie die Erde bewegte und den gleichen Weg verfolgte. Dadurch befand sie sich aber zu jeder Zeit genau der Erde gegenüber hinter der Sonne und war somit unsichtbar! Auf welchem Punkt der Ellipse wir uns auch befinden mochten, die Sonne verbarg unsere Schwesterwelt vor uns; deshalb schien die Stimme auch von der Sonne herzukommen. Eine Doppelgängerin der Erde! Zwei Planeten, die auf derselben Bahn dahinflogen, nie den anderen einholend, nie von ihm überholt, genau im Gleichgewicht! Ein unfaßbarer Gedanke.

Ich setzte mich mit meinem unbekannten Freund in Verbindung, der sich Colson nannte. Ich habe allerdings den Eindruck, daß diese Namensgebung auf einem Irrtum seinerseits beruhte. Wahrscheinlich hielt er ›Colson‹ für die englische Bezeichnung des Wortes ›Wissenschaftler‹. Ich bat ihn jedenfalls, Beobachtungen anzustellen. Ein paar Tage später bestätigte er meine Theorie. Erst nachdem wir uns etwas freier unterhalten konnten und mein Sprachverständnis so weit gediehen war, daß ich mich klar ausdrücken konnte, fiel mir auf, daß sowohl unsere Umwelt als auch unser Leben viel Gemeinsamkeiten erkennen ließen. Es wird dem Leser schwerfallen, dem Folgenden Glauben zu schenken. Ich entdeckte nämlich, daß die beiden Welten nicht nur geographisch genau übereinstimmten, sondern daß auch die Lebensvorgänge auf Parallelbahnen abliefen. Es gab große Kriege in Neo, große Katastrophen, die auch auf unserer Erde stattfanden, gewöhnlich zwei oder drei Tage vor oder nach ihrem Eintreffen auf der neuen Welt. Aber die Übereinstimmung beschränkte sich nicht nur auf Naturereignisse. Männer und Frauen lebten auf der anderen Welt genau wie wir auf der Erde. Es gab Börseninstitute und Straßenbahnen, Züge, Flugzeuge, als hätten diese Zwillingswelten auch eine Zwillingsidentität hervorgerufen.

Ich begriff erst ganz, als mein Freund mir berichtete, daß er schon seit geraumer Zeit nach mir gesucht habe. Er erklärte, sich vor etwa fünf Jahren einen Beinbruch zugezogen zu haben. Auf dem Krankenlager sei er ins Sinnieren gekommen und habe sich gefragt, ob es nicht möglich sei, daß er einen Doppelgänger besitze. Er habe oft das Gefühl gehabt, einer Person, die er zum erstenmal traf, früher schon begegnet zu sein, und Dinge, die er heute unternahm, schon früher einmal getan zu haben. Ein Gefühl, das mir nicht fremd war, das jeder Mensch schon einmal empfunden haben dürfte.

Um aber aufs Thema zurückzukommen: er hatte mir kaum von seinem Beinbruch erzählt, als mir einfiel, daß ich durch einen Sturz vom Motorrad eine ähnliche Verletzung erlitten und auch die Zeit des Krankenlagers damit verbracht hatte, mir einen anderen bewohnten Planeten vorzustellen! Mein Gesprächspartner war wirklich und wahrhaftig mein Zwilling, er war ich, er hatte mein Leben gelebt, meine Gedanken gedacht, alles das getan, was ich unternommen hatte.

Die Entdeckung bestürzte mich, und ich begann

sogar, an meinem Verstand zu zweifeln. Ich fuhr nach London und ließ mich von einem Spezialisten untersuchen. Er versicherte, ich sei völlig normal und bei Vernunft, empfahl mir aber, einmal lange Ferien zu machen.

Eines Tages erwähnte mein Double zufällig, in seiner Stadt habe es große Aufregung gegeben, weil ein Mann Stahlaktien gekauft habe, die im Kurswert erheblich gestiegen seien. Er nannte auch den Namen der Firma. Als ich die Zeitung studierte, entdeckte ich den Namen einer Aktiengesellschaft, der mir vertraut vorkam. Überdies entsprach der Kurs im wesentlichen den von dem anderen Colson erwähnten, weshalb ich auf die verrückte Idee kam, mein Wissen unter Umständen gewinnbringend anwenden zu können, wenn die Ereignisse tatsächlich so verliefen, wie auf der anderen Welt. Nicht ohne erhebliche Bedenken investierte ich meine gesamten Ersparnisse in diesen Aktien und hatte ein paar Tage später erfreulicherweise Gelegenheit, sie zu einem phantastischen Preis wieder loszuschlagen. Ich erzählte meinem Freund bei der nächsten Gelegenheit davon, und er amüsierte sich sehr. Von da an machte es ihm besondere Freude, mich bei meinen Spekulationen zu beraten. Ich habe jahrelang mit großem Gewinn Aktien gekauft und verkauft. Nicht nur das, ich war sogar in der Lage, verschiedenen Regierungen Warnungen vor bevorstehenden Katastrophen zukommen zu lassen. Ich informierte die türkische Regierung über das große Erdbeben und warnte die Reederei Lamborn vor dem schrecklichen Unglück, das einen ihrer größten Ozeandampfer betraf – wenngleich ich für meine Bemühungen keinen Dank erntete.

Nachdem das einige Jahre hindurch so geblieben war, erfuhr ich von meinem Freund, daß er sich die Feindschaft eines reichen Mannes zugezogen hatte, der Frez hieß. Es kam eigentlich ganz zufällig an den Tag. Merkwürdigerweise geschieht nämlich nicht alles auf dieser Welt drei Tage, bevor Ähnliches auf unserer Erde passiert. Oft kam es vor, daß die Erde einen Vorsprung hatte, und ich ihm Dinge mitteilen konnte, die in Neo noch nicht vorgefallen waren. Er folgte meinem Beispiel und war im Laufe eines Jahres ebenfalls ein reicher Mann geworden.

Colson, wie ich ihn nach wie vor nannte, hatte einen Assistenten, dessen Namen ich nie erfuhr. Ich vermute nur, daß er wesentlich jünger ist als mein Double, weil er erklärt hatte, ein Schüler Colsons gewesen zu sein. Auch er lernte sehr schnell, und wenn überhaupt ein Unterschied zwischen den beiden Welten besteht, dann im Maß der Intelligenz. Die Leute dort reagieren schneller.

Es gibt natürlich gewisse Unterschiede in den politischen Systemen, aber sie fallen nicht sehr ins Gewicht. Man bewaffnet die Männer, und sie dürfen nur wählen, wenn sie nachweisen können, daß sie in geordneten Verhältnissen leben. Im großen und ganzen aber läuft ihr Leben parallel zu dem unseren. Die Anlage ihrer Straßen, ihre Transportsysteme, sogar die Gefängnisse, entsprechen genau den jeweiligen Institutionen auf dieser Erde. Der wesentliche Unterschied ist, daß sie alle eine gemeinsame Sprache haben. Ich gedenke zu späterer Zeit ausführlicher über alle diese Dinge zu schreiben, aber im Augenblick kommt es vor allem darauf an, jene Maschinen und Geräte zu erklären, die ich für die

Nachrichtenverbindung mit unseren Nachbarn gebaut habe . . .‹

Hier folgten zwanzig engbeschriebene Seiten technischer Erläuterungen. Tim faltete das Manuskript zusammen und betrachtete der Reihe nach die erstaunten Gesichter. Als erster brach Stamford das Schweigen.

»So ein Unfug!« empörte er sich. »Absurd! Ausgeschlossen! Das ist ja ein Alptraum . . . Zwillingswelt, daß ich nicht lache!«

»Ich glaube jedes Wort«, sagte Sir Charles ruhig. »Natürlich, das ist der Lichtpunkt neben der Corona! Nicht die Welt, die der arme Colson gefunden hat, sondern ihr Mond.«

»Aber müßte man die Welt nicht wenigstens von Zeit zu Zeit sehen können?«

Sir Charles schüttelte den Kopf.

»Ganz bestimmt nicht dann, wenn sie genau der Erdbahn folgt und unmittelbar gegenüber plaziert ist, das heißt, auf der anderen Seite der Sonne. Ab und zu könnten sich natürlich Unterschiede ergeben, aber bei der Helligkeit der Sonne wäre ein so winziges Objekt nicht wahrzunehmen. Nein, alles spricht dafür, daß Colson die Wahrheit schreibt.«

Er nahm Tim das Manuskript aus der Hand und überflog die technischen Einzelheiten.

»Damit werden wir die Verbindung zu diesen Leuten wieder aufnehmen können«, sagte er. »Wenn wir wenigstens das Wörterbuch hätten!«

»Ich fürchte, daß wir von Neo nie mehr etwas hören«, sagte Tim leise und erzählte von dem kurzen Gespräch, das er nachts mit dem Assistenten des Colson-

Doubles geführt hatte, von der Zerstörung der Instrumente auf Neo.

Nachdem Stamford und Sir Charles sich verabschiedet hatte, ging Tim mit Susan in den Planetoidenraum. Sie standen stumm vor den leblosen Apparaturen.

»Das Band ist zerschnitten«, sagte Tim nach einer Weile. »Es kann nie mehr geknüpft werden, bis auf beiden Planeten ein neuer Colson erscheint.«

Sie schob ihren Arm unter den seinen.

»Bist du nicht froh?« fragte sie ihn leise. »Willst du wirklich wissen, was morgen oder übermorgen geschieht?«

Es fröstelte ihn.

»Nein, ich glaube nicht. Ich möchte nur gerne wissen, was in ein paar Jahren geschehen wird, wenn wir beide etwas älter sind.«

»Vielleicht finden wir eine eigene Welt«, sagte Susan.

Der übereifrige Sergeant

»Die Polizei ist genauso gut oder so schlecht wie die Menschen überhaupt«, meinte Wachtmeister Lee, als wir eines Abends in meinem Wohnzimmer beieinander saßen. »Es heißt ja allgemein, daß die Polizisten zusammenhalten, daß sie wie eine große Familie sind und sich gegenseitig unterstützen, wo sie nur können. Ich geb' zwar zu, daß der beste Freund des Polizisten sein Kollege ist, aber ich muß auch sagen, daß er manchmal sein schlimmster Feind sein kann.

Es ist nämlich nicht der gefährliche Verbrecher, vor dem sich ein Polizist fürchtet, nicht der bewaffnete Einbrecher oder der Schläger mit der Eisenstange. Was ihn nervös macht und ins Schwitzen bringt, ist eher ein Sergeant, der sich unbedingt bei den Vorgesetzten beliebt machen will und keine Mühe scheut, auch nicht ganz hasenreine Dinge zu tun, wenn er sich davon etwas verspricht.

Man darf natürlich nicht verallgemeinern, aber es gibt doch eine ganze Menge von dieser Sorte, und ich bezweifle, ob nicht mindestens in jedem Revier wenigstens ein Beamter sitzt, der es darauf abgesehen hat, den Polizisten ihren Beruf zu verleiden.

Nehmen wir zum Beispiel den übereifrigen Sergeant Runimill. Ein komischer Name für einen Londoner Polizisten, und das Merkwürdigste daran war, daß seine Familie seit ewigen Zeiten in England lebte.

Wir nannten ihn Sergeant Runamile – Sergeant

Meilenrenner ,– weil er jederzeit bereit war, eine Meile weit zu rennen, wenn er einem Untergebenen damit schaden oder für sich einen Vorteil herausholen konnte.

Als ich unter ihm Dienst machen mußte, warnten mich die anderen Kollegen. Er war auch einmal in die Zeitung gekommen und als ›tüchtiger und intelligenter Beamter‹ geschildert worden, und davon hat er sich nicht erholen können. Sein Steckenpferd war, sich grundsätzlich auf die Seite der Öffentlichkeit zu stellen, wenn es irgendeine Streitfrage gab.

Meistens herrschen bei der Polizei ja ›skandalöse Zustände‹ – wie es in den Zeitungen immer so schön heißt.

Wenn einer zum Beispiel eine ›Dame‹ verhaftet, weil sie ein bißchen zu großzügig den Männern gegenüber ist, dann kommt bestimmt ihr Mann daher und beweist mit lautem Geschrei, sie stamme aus einer der vornehmsten Familien. Es gibt einen riesigen Auflauf, und die ›Dame‹ benützt natürlich die Gelegenheit, sich aus dem Staub zu machen.

Bei solchen Gelegenheiten konnte man darauf zählen, daß Runamile sofort behauptete, der betreffende Wachtmeister habe seine Befugnisse überschritten.

Er wollte sich mit den Leuten eben gut stellen.

Ich hatte einen Kollegen namens Gold – er trug den Spitznamen ›Ginger‹ ̄, war sechzehn Jahre im Dienst, dick, langsam und nicht besonders schlau.

Aber Ginger hatte ein Talent: Er konnte mit Kindern gut umgehen.

Sie haben ja sicher schon öfter gesehen, wie das so ist, wenn ein heruntergekommenes Paar an einem kalten Tag durch die Straßen schleicht. Der Vater mit dem

Baby auf dem Arm, ein paar Schnürsenkel in der Hand, eine verhärmte Frau mit einem zweiten Säugling, leichenblaß und krank, dazu zwei schmutzige, unglückliche kleine Kinder, die hinterherlaufen. Sie betteln nicht, sie sagen nichts zu den Passanten, sie schleichen einfach durch die Gegend und schauen kläglich drein.

Das war für Ginger immer ein gefundenes Fressen.

Es gab keinen gutmütigeren Mann in der ganzen Polizei, und wenn es um Kinder ging, ließ er sich zu allem möglichen hinreißen. Er machte einmal in Notting Hill Gate Dienst, als er auf ein solches Paar stieß. Der Vater durchfroren und unrasiert, die Mutter abgehärmt und kränklich, zwei schmutzige Säuglinge und ein zerlumptes kleines Mädel.

Sie wanderten so dahin und kümmerten sich um keinen Menschen, aber Ginger hielt sie auf.

›Na, ihr zwei‹, sagte er, ›auf Wanderschaft?‹

›Jawohl, Sir‹, sagte der Mann.

›Woher seid ihr?‹

Der Mann zögerte.

›Aus Windsor.‹

›Sind das Ihre Kinder?‹ erkundigte er sich bei der Frau.

›Ja, Sir‹, winselte sie.

›Wie alt?‹

Er deutete auf die Kleinen, und sie schwieg eine Weile.

›Das eine ist ein Jahr, das andere achtzehn Monate alt‹, meint sie.

›Oho‹, sagt Ginger. ›Was ist denn das, ein Wunder?‹

Die Frau schaut auf den Boden.

›Wie alt ist das kleine Mädchen?‹ fragt Ginger.

›Fünf Jahre.‹

›Sind das alles Ihre Kinder?‹

Die Frau will nicht recht mit der Sprache heraus.

›Sozusagen‹, meint sie schließlich.

›Das reicht mir‹, sagt Ginger. ›Ihr kommt mit aufs Revier.‹

›Wieso?‹ fragt der Mann. ›Wir betteln ja nicht.‹

›Aber ihr quält die Kinder‹, sagt Ginger und nimmt sie alle mit.

Vor dem Richter stellt sich natürlich heraus, daß ihnen die Kinder gar nicht gehören. Sie sind für einen Tag zu je drei Pence gemietet, und zwar von einer Frau, die solche Sachen beruflich macht.

Der Richter gibt den beiden vier Wochen Gefängnis, weil sie schon vorbestraft waren, und Ginger bekommt eine Belohnung. Aber damit noch nicht genug. In den Zeitungen bringen sie sein Bild mit der Unterschrift ›Ein Kinderfreund‹, und Runamile ärgert sich schwarz. Von diesem Tag an hatte Ginger nichts mehr zu lachen.

Es gibt natürlich tausend Möglichkeiten, einen Untergebenen zu schikanieren, und Runamile probierte neunhundertneunundneunzig davon aus, bis sich Ginger ernsthaft überlegte, ob er seine Pensionierung verlangen oder dem Sergeant eins über den Schädel geben sollte.

Aber weder das eine noch das andere war nötig.

Runamile war mit einer jungen Dame befreundet, die als eines der nettesten Mädchen in der ganzen Gegend galt. Hübsch, gute Manieren, aus einem anständigen

Haus, viel zu gut für den Sergeant – darüber waren wir uns alle einig.

Der Sergeant hätte durch die junge Dame bei uns ganz beliebt werden können, wenn er vernünftig gewesen wäre, weil sie uns immer sehr nett und höflich gegenübertrat. Sie wohnte noch nicht lange in der Nachbarschaft, als Runamile sie kennenlernte. Sie hatte eine kleine Wohnung in der Elgin Street, gab Musikstunden und hatte ein bißchen Geld geerbt.

Soviel wir erfuhren, stellte sie den Sergeanten ihrem Bruder vor, einem sehr vornehmen Mann, der in Süd-London wohnte und eine sehr hohe Meinung von Runamile hatte, so daß er ihn immer wieder zum Essen einlud und sich stundenlang mit ihm unterhielt.

Aber diese Zusammenkünfte fanden schnell ein Ende, als Colonel Bassys Wohnung in Colville Gardens ausgeraubt wurde, ein Einbruch im Juweliergeschäft Corbell stattfand und ein paar Tage danach ein Dieb in eine Villa in Kensington Gardens einstieg.

Es war wie eine Epidemie. Seltsamerweise passierte das alles in Gingers Streifenbezirk, und zwar immer gerade dann, wenn Ginger Dienst hatte.

Man versetzte ihn immer wieder in einen anderen Bezirk, aber die Einbrecher schienen sich an seine Fersen zu heften, bis Runamile ziemlich unverblümt erklärte, der Einbrecher müsse mit Ginger befreundet sein, wenn Ginger die Straftaten nicht selbst auf dem Gewissen habe.

Nach dem dritten Fall wurde eine Untersuchung eingeleitet, die den armen Ginger so aufregte, daß es nur noch eine Frage von Tagen sein konnte, bis er entweder seine Entlassung beantragte oder sich in die Themse stürzte.

›Das muß einer sein, der mich genau kennt‹, meinte er. ›Jemand, der ganz genau weiß, wo ich bei meinem Streifendienst gerade bin. Deswegen kann er immer abhau'n, bevor ich oder Jilks auftauchen.‹

Jilks war der Wachtmeister, der den angrenzenden Bezirk zu überwachen hatte.

Gingers Meinung übernahm auch Kriminalinspektor Jade, den man von Scotland Yard zu uns geschickt hatte. Er galt als einer der vernünftigen, ruhigen Männer, die Karriere machen, ohne deshalb gleich überzuschnappen, und als Sergeant Runamile ihm seine Theorien über den armen Ginger vortrug, schüttelte er den Kopf.

›Reden Sie keinen Unsinn, Sergeant‹, sagte er, ›und vermuten Sie bei Ihren Kameraden nicht gleich immer das Schlimmste. Übrigens, wo waren Sie denn in der fraglichen Nacht?‹

›In meinem Büro, Sir‹, erwiderte Runamile empört. ›Sie glauben doch wohl nicht, daß ich –‹

›Und wo waren Sie, als der zweite Einbruch verübt wurde?‹

›In meinem Büro, Sir.‹

Der Sergeant wurde ganz rot im Gesicht.

›Und beim ersten Überfall?‹

›Ebenfalls in meinem Büro‹, erregte sich Runamile. ›Sie verdächtigen doch wohl nicht mich, Sir?‹ fragt er entsetzt.

›Gegen Sie spricht genauso viel oder wenig wie gegen den Wachtmeister‹, meint der Inspektor lächelnd.

Bei allen fraglichen Straftaten war mir einiges merkwürdig vorgekommen, und ich glaube, daß der Inspektor dasselbe Gefühl hatte.

Erstens hatte man die Einbrüche alle innerhalb eines Umkreises von zwei Kilometern ausgeführt, zweitens war der Einbrecher von niemandem gesehen worden. Das führte zur Vermutung, daß er in der Nähe wohnen mußte und sich heimschleichen konnte, ohne aufzufallen. Drittens hatte keiner von den uns bekannten Gaunern mit den Straftaten etwas zu tun.

Ich unterhielt mich mit Nick Moss und fand meine Ansicht bestätigt. Nick wäre natürlich nie dazu bereit gewesen, einen seiner Freunde ans Messer zu liefern, aber ich kannte ihn so gut, daß mir jede Gesichtsregung vertraut war und ich allein daraus hätte entnehmen können, ob er in die Hintergründe eingeweiht war.

›Das ist keiner von uns gewesen, Mr. Lee‹, sagte Nick. ›Zu hochgestochen für uns. Glauben Sie vielleicht, daß wir auf die Idee kämen, ein wertvolles Bild zu stehlen, wie es bei Colonel Bassy vorgekommen ist?‹

Dann erzählte er mir etwas, das ich einigermaßen interessant fand.

›Bei mir in der Nähe wohnt einer, der mir gesagt hat, daß Cannett dahinterstecken muß – er hat doch für die Sache in Streatham brummen müssen. Aber Cannett ist ja in Amerika, also kann er's nicht gewesen sein.‹

Als ich den Inspektor wieder traf, sagte ich ihm Bescheid.

›Komisch‹, sagte er nachdenklich, ›ich bin auch schon auf die Idee gekommen. Erinnern Sie sich an den Fall damals, Wachtmeister?‹

›Nein, Sir‹, sag' ich.

›Cannett hat auch diese Tour bevorzugt. Er war die

meiste Zeit hervorragend informiert, was den Streifendienst anging. Er stellte sich eine Liste aller Bezirke zusammen und konnte auf die Sekunde genau bestimmen, wieviel Zeit für einen Einbruch blieb. Danach stellte sich heraus, daß seine Frau, ein sehr hübsches Ding, einen jungen Wachtmeister dazu gebracht hatte, ihr alles zu erzählen – sie behauptete, ledig zu sein und ließ sich mit ihm in ein Techtelmechtel ein.‹

›Verflixt, Sir!‹ sag' ich auf einmal. ›Ob Runamiles Mädchen auch so eine ist?‹

Ich muß zugeben, daß ich sie eigentlich nicht verdächtigt habe, aber die Übereinstimmung war doch sehr frappant. Der Inspektor hörte sich das in aller Ruhe an und ließ den Sergeant kommen.

Wenn man das Leben nur aus Büchern kennt, hätte man vielleicht erwartet, daß Runamile einen Wutanfall bekommen und sein Mädchen empört verteidigen, daß er den Inspektor beschimpfen und sich überhaupt wie die Axt im Walde aufführen würde.

Aber das war nicht Runamiles Art.

In erster Linie kam es ihm darauf an, bei Scotland Yard gut gelitten zu sein. Er wollte befördert werden und scherte sich keinen Deut darum, ob ein anderer Mensch deshalb benachteiligt wurde. Als ihn der Inspektor kommen ließ, dachte er natürlich sofort zuerst an seinen Ruf und an die Möglichkeit, schneller voranzukommen. Er gab zu, dem Mädchen einiges über unsere Arbeit erzählt zu haben, glaubte sich aber nicht erinnern zu können, daß er die Zeiten der einzelnen Streifengänge erwähnt hatte. Er lieferte eine genaue Beschreibung ihres Bruders und gab sich alle Mühe, seine Freundin in eine Falle zu locken.

Als einzige Entschuldigung kann man vielleicht anführen, daß er hereingelegt worden war und ihr das heimzahlen wollte.

Der Bruder wollte seine Schwester an diesem Abend in ihrer Wohnung besuchen, und Runamile benützte die Gelegenheit, um dort vorbeizuschauen.

›Ich hoffe, Sir‹, sagte Runamile unterwürfig, ›Sie werden dem Chef klarmachen, daß ich da ganz unschuldig hineingerutscht bin und selbstverständlich weiterhin nichts anderes im Sinn habe als das öffentliche Wohl –‹

›Und den guten Sergeant Runamile‹, meinte der Inspektor trocken.

Am Abend machte sich der Sergeant in Zivil auf den Weg. Ein paar Minuten später hielt vor dem Haus ein Taxi, ein Mann stieg aus und trat ein. Kurz danach war das Haus von der Polizei umstellt.

Runamile wäre vor Überheblichkeit bald geplatzt. Er hatte sich eine Rolle auf den Leib geschrieben und spielte sie denn auch entsprechend, indem er äußerst zärtlich zu der jungen Dame und mehr als liebenswürdig zu ihrem ›Bruder‹ war.

Aber das änderte sich schlagartig.

›Übrigens, Janet‹, meint er so nebenbei, ›erinnerst du dich, daß ich dir von unserem tölpelhaften Wachtmeister erzählt habe – diesem Ginger?‹

›Ja‹, sagt sie.

›Hab' ich dir auch erzählt, wann er seinen Streifendienst macht?‹

›Ja – ich hab' dich noch gefragt, was die armen Leute machen, wenn es nachts recht kalt ist‹, sagt sie.

›Du hast mich das eines Nachmittags beim Tee gefragt?‹ erkundigt er sich.

›Ja‹, gibt sie zurück. ›Ich erinnere mich noch. Mary Ann kam gerade zur Tür herein –‹

›Darauf kommt's jetzt gar nicht an‹, sagt Runamile in einem Ton, daß die beiden erschrecken. ›Du hast mir doch gesagt, daß ich fünfhundert Pfund Mitgift ·bekomme, wenn ich deine Schwester heirate?‹ fragt er ihren ›Bruder‹.

›Allerdings‹, erwidert der.

›So‹, sagt Runamile sarkastisch, ›da werden Sie die Hochzeit noch ein bißchen verschieben müssen, Cannett, ich verhafte Sie nämlich wegen Einbruchdiebstahls, und was Sie angeht, Miss‹, sagt er ganz höflich zu dem Mädchen, das leichenblaß geworden war, ›so muß ich Sie ebenfalls festnehmen.‹

Er blies in seine Trillerpfeife, und wir drangen in die Wohnung ein.

Ich hab' in meinem ganzen Leben noch keine so überraschten Gesichter gesehen. Das Mädchen war einem Zusammenbruch nahe, aber wir schafften sie beide ins Revier und sperrten sie ein.

Eine halbe Stunde später erschien Inspektor Jade.

›Na so was‹, sagt er verblüfft, ›das ist doch gar nicht Cannett!‹

›Was!‹ schreit der Sergeant.

›Und der Einbrecher ist er auch nicht‹, sagt der Inspektor, als zwei von unseren Leuten einen fremden Mann ins Revier bringen. ›Da ist er‹, sagt er zufrieden, ›auf frischer Tat ertappt.‹

Das Mädchen in der Zelle reißt die Augen auf.

›Aber das ist ja Mary Anns Freund!‹ meint sie.

Der Inspektor nickt.

›Ja, Miss – da haben Sie vollkommen recht‹, sagte er. ›Er hat alles von Mary Ann erfahren, und sie wußte durch Sie Bescheid, Sergeant.‹

Das sagt er zu Runamile, der mit offenem Mund dasteht und die Welt nicht mehr begreift.

›Durch mich?‹ ächzt er.

›Ja‹, sagt der Inspektor. ›Wenn Sie wieder mal einer jungen Dame den Hof machen, dann sollten Sie dem Dienstpersonal gegenüber ein bißchen vorsichtig sein.‹

Aber Sergeant Runamile trat nicht mehr als Liebhaber auf – jedenfalls nicht bei der hübschen, kleinen Musiklehrerin.«

Die Unterschrift

Mr. Felix O'Hara Golbeater verstand etwas von kriminalistischen Ermittlungsmethoden, denn er war seit achtzehn Jahren Rechtsbeistand und hatte ziemlich häufig Kontakt mit der Unterwelt gehabt. Intelligenz und Beobachtungsgabe erlaubten es ihm, Verbrecher oft selbst dann zur Strecke zu bringen, wenn sie mit den üblichen Methoden der Polizei nicht zu fassen gewesen wären.

Er war hager, fast vierzig Jahre alt, trug einen kurzgeschorenen Bart und hatte buschige Augenbrauen, auf deren Pflege er ungewöhnlich viel Mühe und Geduld verwandte.

Selbst bei den Juristen, die oft merkwürdige Menschen sind, ist es nicht allgemein üblich, die Augenbrauen so zu bevorzugen, aber O'Hara Golbeater war ein weitblickender Mensch. Er sorgte für einen Tag vor, an dem interessierte Leute auf seine Brauen achten würden, wenn ein gewisses Bild auf einem Fahndungsplakat der Polizei auftauchen sollte – denn Mr. Felix O'Hara Golbeater erlaubte sich keine Illusionen. Er hatte sich mit einer sehr bedeutsamen Tatsache abgefunden, nämlich, daß man nicht alle Menschen auf die Dauer hinters Licht führen kann. Deshalb war er stets auf der Hut vor jenem geheimnisvollen Mann, der eines Tages zweifellos auf der Szene erscheinen mußte und Golbeater, den Anwalt, Golbeater, den Testamentsvollstrecker, Golbeater, den Rasensportliebhaber und auch Golbeater, den Sportflieger durchschauen würde. Gerade seine Flüge hatten in dem kleinen Ort Buckingham, wo sich sein ›Landsitz‹ befand, großes Aufsehen erregt. Aber Mr. Golbeater legte keinen Wert darauf, durchschaut zu werden.

Eine Abends im April saß er in seinem Büro. Seine Angestellten waren längst nach Hause gegangen, ebenso der Hausmeister, dessen Pflicht es war, alles sauberzumachen. Felix O'Hara Golbeater hatte sonst nicht die Angewohnheit, bis elf Uhr abends in seinem Büro zu sitzen, aber die Umstände waren außergewöhnlich und rechtfertigten die Abweichung von der Regel.

Hinter ihm war eine Anzahl von lackierten Stahlkästen auf Regalen verteilt, die bis zur Decke reichten.

Auf jedem Kasten stand in weißer Schrift der Name des Mannes, der Frau oder der Firma, deren Unterlagen der jeweilige Kasten enthielt. Da gab es das ›Anglo-Chinesische Porzellansyndikat (in Liquidation)‹, ›Erly Nachlaß‹, ›Sir George Gallinger, verst.‹, um nur ein paar zu nennen.

Golbeater interessierte sich vor allem für den Kasten mit der Aufschrift ›Nachlaß der verstorbenen Louisa Harringay‹. Dieser Behälter stand geöffnet auf seinem Schreibtisch, während der Inhalt säuberlich geordnet danebenlag.

Von Zeit zu Zeit machte er sich Notizen in ein kleines, dickes Buch, Notizen, die offenbar äußerst vertraulich waren, denn das Buch besaß ein Schloß.

Mitten in diese konzentrierte Arbeit hinein dröhnte ein lautes Klopfen an der Tür.

Er hob lauschend den Kopf, die Zigarre zwischen die Zähne geklemmt.

Es klopfte wieder.

Er stand auf, huschte lautlos über den Teppich und beugte den Kopf vor, als könne er dadurch herausfinden, wer vor der Tür stand.

Wieder hämmerte der Besucher ungeduldig an die Tür. Dann drückte er die Klinke nieder.

»Wer ist da?« fragte Golbeater leise.

»Fearn«, kam die Antwort.

»Einen Augenblick.«

Golbeater hastete zum Schreibtisch und warf die Unterlagen in den Kasten, klappte ihn zu, stellte ihn auf das Regal und sperrte die Tür auf.

Ein junger Mann stand vor ihm. Sein langer Mantel troff vor Nässe. Auf seinem freundlichen Gesicht kämpfte Verlegenheit angesichts seiner unerfreulichen Aufgabe mit Verärgerung über das Wartenmüssen an der Tür.

»Kommen Sie herein«, sagte Golbeater und machte die Tür weit auf.

Der junge Mann betrat das Zimmer und zog den Mantel aus.

»Scheußlicher Regen«, sagte er mürrisch.

Der andere nickte. Er schloß die Tür und sperrte sie wieder ab.

»Nehmen Sie Platz«, sagte er und zog einen Stuhl heran. Er ließ den anderen nicht aus den Augen. Seine Wachsamkeit ließ keine Sekunde nach, er war stets auf dem Sprung.

Frank Fearn setzte sich.

»Ich habe gesehen, daß noch Licht brennt und bin deshalb vorbeigekommen«, meinte er verlegen.

Es blieb eine Weile still.

»Sind Sie in letzter Zeit geflogen?«

Golbeater nahm seine Havanna aus dem Mund und beäugte sie kritisch.

»Ja«, sagte er, den Blick auf die Zigarre gerichtet.

»Merkwürdig, daß ein Mann wie Sie ein solches Stekkenpferd hat«, meinte der andere mit einem Unterton widerwilliger Bewunderung. »Aber wenn man die ganze Zeit Verbrecher studiert und mit ihnen zusammenkommt – dann hat man wohl eiserne Nerven . . .«

Fearn redete um den Brei herum, das war deutlich zu erkennen. Er setzte von neuem an.

»Glauben Sie wirklich, Golbeater, daß man sich ein für allemal der Bestrafung entziehen könnte, wenn man sich wirklich Mühe gibt?«

Der Anwalt glaubte einen Hoffnungsschimmer zu sehen. Hatte der junge Mann sich etwas zuschulden kommen lassen? War auch er zu weit gegangen? Bei jungen Leuten war alles möglich. Wenn es zutraf, bedeutete das die Rettung für Felix O'Hara Golbeater, denn Fearn war mit der jungen Dame verlobt, die Miss Harringays Vermögen geerbt hatte – und von allen Menschen auf der Welt fürchtete der Anwalt nur Fearn. Er mußte ihn fürchten, weil er ein Narr war, ein eigensinniger, neugieriger Narr.

»Das ist meine feste Ansicht«, erwiderte er. »Ich kann mich auf die Erfahrung berufen, wenn ich behaupte, daß bei gewissen Verbrechen der Täter nie entdeckt zu werden braucht und er in anderen Fällen, selbst wenn man ihm auf der Spur ist, mit einem eintägigen Vorsprung der Verhaftung entgehen kann.«

Er lehnte sich bequem zurück, um seine Lieblingstheorie zu vertreten – sie war auch bei der letzten Begegnung mit Fearn im Club Thema der Unterhaltung gewesen.

»Nehmen wir mich als Beispiel«, sagte er. »Stellen Sie sich vor, ich wäre ein Verbrecher. Was wäre einfacher für mich, als in meine Maschine zu steigen, fröhlich nach Frankreich zu fliegen, wo schon Vorräte auf mich warten, und den Flug irgendwohin fortzusetzen. Ich kenne in Spanien ein Dutzend Plätze, wo man die Maschine verstecken könnte.«

Der junge Mann starrte ihn bedrückt und zweifelnd an.

»Ich gebe zu«, fuhr Golbeater mit eleganter Handbewegung fort, »daß ich in einer besonders günstigen Lage bin. Aber auch bei anderen Leuten wäre das nur eine Frage der entsprechenden Vorbereitung, sorgfältiger, präziser Planung, die doch wohl jedem Verbrecher möglich ist. Wer hindert ihn daran, diese Vorsichtsmaßnahmen zu ergreifen? Aber wie steht es in Wirklichkeit? Da unterschlägt jemand beispielsweise Gelder bei seinem Arbeitgeber und tröstet sich mit dem Glauben an ein Wunder, das ihm Gelegenheit geben wird, die Fehlbeträge wieder zu ersetzen. Statt sich dem Unvermeidlichen zu stellen, träumt er vom Glück, statt methodisch seine Flucht vorzubereiten, setzt er seine ganzen Kräfte daran, die Missetat von gestern zu verschleiern.«

Er wartete auf das Geständnis, zu dem er den jungen Mann ermutigen wollte. Er wußte, daß Fearn an der Börse spekulierte, daß er auch häufig bei Pferderennen zu sehen war.

»Hm«, sagte Fearn. Sein schmales, gebräuntes Gesicht verzog sich zu einer Grimasse.

»Es ist wirklich äußerst vorteilhaft«, sagte er, »daß Sie nicht auf der Seite der Verbrecher stehen, nicht wahr? Oder?«

Felix O'Hara Golbeater kannte sich in den Tiefen der menschlichen Natur wohl aus. Er war für Nuancen durchaus empfänglich. Er kannte jene Wahrheit, die man lächelnd aussprechen kann, so daß sie entweder als harmloser Spaß oder als gefährliche Anklage aufgefaßt werden kann, und in der Frage, die halb humorvoll gestellt wurde, begriff er seinen Untergang.

Der junge Mann beobachtete ihn scharf, von unklaren Gedanken bestürmt, so unklar und kompliziert, daß er vier Stunden unten auf der Straße hin und her gewandert war, bevor er den Mut gefunden hatte, sich diesem Gespräch zu stellen.

Der Anwalt lachte.

»Das wäre für Sie eigentlich recht peinlich«, sagte er, »weil ich im Augenblick über sechzigtausend Pfund aus dem Vermögen Ihrer Verlobten in meinem Besitz habe.«

»Ich dachte, das Geld liegt auf der Bank?« fragte Fearn schnell.

Der andere hob die Schultern.

»Allerdings«, erwiderte er. »Aber es ist trotzdem in meinem Besitz. Die Zauberworte ›Felix O'Hara Golbeater‹, auf die Rückseite eines Schecks geschrieben, würden dieses Geld sofort in meine Hände bringen.«

»Oh!« sagte Fearn.

Er gab sich gar nicht die Mühe, seine Erleichterung zu verbergen.

Er stand auf, ein etwas ungeschickter junger Mann,

und sprach den Gedanken aus, der ihn am meisten bewegte.

»Hildas Geld interessiert mich überhaupt nicht«, sagte er plötzlich, »ich habe genug für meine Bedürfnisse, aber – man muß natürlich um ihretwillen vorsichtig sein.«

»Sie sind allerdings vorsichtig«, sagte Golbeater. Es zuckte um seine Mundwinkel, wenn der Besucher es auch wegen des verhüllenden Bartwuchses nicht sehen konnte. »Am besten postieren Sie in der Bank einen Detektiv, um sicherzugehen, daß ich das Geld nicht abhebe und das Weite suche.«

»Das hab' ich getan«, stieß der junge Mann hervor. »Jedenfalls – nun ja, die Leute behaupten da so allerhand, wissen Sie –, es gab da so einiges Gerede über die Nachlaßverwaltung im Fall Meredith – im Ernst, Golbeater, da haben Sie nicht besonders gut ausgesehen.«

»Ich habe alles bezahlt«, sagte Golbeater freundlich, »wenn Sie das meinen.«

Er ging zur Tür und öffnete sie.

»Hoffentlich werden Sie nicht mehr naß«, meinte er höflich.

Fearn murmelte irgendeinen Gemeinplatz und stolperte linkisch die dunkle Treppe hinunter.

Golbeater trat in das Nebenzimmer und machte die Tür hinter sich zu. Hier war es dunkel, und vom Fenster aus konnte er den andern beobachten. Er rechnete eigentlich damit, daß sich jemand zu Fearn gesellen würde, aber das zögernde Verhalten des jungen Mannes, als er die Straße erreichte, zeigte, daß er ganz allein hierhergekommen war.

Golbeater kehrte in sein Büro zurück. Er verlor keine Zeit mit Spekulationen. Er wußte, daß das Spiel verloren war. Aus einer Schublade in seinem Safe holte er ein Blatt Papier und studierte den Text.

Vor einem Jahr war ein exzentrischer Franzose, der in Wiltshire ein kleines Haus bewohnt hatte, gestorben, und man hatte den Besitz zum Verkauf angeboten, weil der Verstorbene der letzte einer Familie gewesen war, die seit den Tagen der Revolution in England zu Hause gewesen war. Die Erben, denen gar nicht in den Sinn kam, nach England zu ziehen, hatten die Verkaufsverhandlungen durch ein französisches Notariatsbüro führen lassen.

Golbeater, der perfekt französisch sprach und regelmäßig die Pariser Zeitungen las, erfuhr von dem Angebot. Über Mittelsmänner hatte er das Haus erworben. Es war von Paris aus neu eingerichtet worden. Die zwei Diener, die sich darum zu kümmern hatten, waren in Paris eingestellt worden und erhielten auch von dort ihre Bezahlung. Sie wären nie auf die Idee gekommen, Monsieur Alphonse Didet, ihren Arbeitgeber, den sie noch nie zu Gesicht bekommen hatten, mit dem Londoner Anwalt in Verbindung zu bringen.

Auch die Bewohner des Ortes Letherhampton machten sich keine großen Gedanken über den Besitzerwechsel. Ein Franzose war wie der andere für sie; sie hatten sich an diese Sonderlinge gewöhnt und betrachteten sie mit derselben Gleichgültigkeit wie die anderen Merkmale der Landschaft auch und zeigten jene Verachtung, die der ländliche Mensch den Wesen gegenüber empfindet, die seine Sprache nicht verstehen.

Außerdem gab es in der Nachbarschaft von Whitstable einen kleinen Bungalow, den Mr. Golbeater übers Wochenende häufig aufsuchte. Der wichtigste Gegenstand dort war ein Motorrad. In der Gepäckaufbewahrung eines Londoner Bahnhofs lagen zwei Koffer, alt und abgenützt, mit zahlreichen Aufklebezetteln aus fremden Städten und Hotels. Felix O'Hara Golbeater war ein sehr gründlicher Mann. Aber er konnte sich ja auch die Erfahrung anderer Leute zunutze machen; er hatte genug Verbrecher beobachtet und seine Lehren aus ihrem Verhalten gezogen.

Er trat an den Kamin, zündete ein Streichholz an und verbrannte das Blatt Papier. Sonst brauchte er nichts zu vernichten, denn er hatte die Angewohnheit, niemals Rückstände auflaufen zu lassen. Er nahm ein dickes Paket aus dem Safe, öffnete es und zog ein großes Bündel Banknoten in englischer und französischer Währung heraus. Das war ein Großteil jener sechzigtausend Pfund, die von Rechts wegen bei der Bank Miss Hilda Harringays hätten aufbewahrt werden sollen.

Es waren nicht mehr ganz sechzigtausend, weil Mr. Golbeater anderen Verpflichtungen hatte nachkommen müssen.

Er schlüpfte in einen Regenmantel, knipste das Licht aus, ließ einen halbfertigen Brief in der offenen Schublade seines Schreibtisches liegen und verließ den Raum. Als der Theaterzug den Bahnhof Charing Cross verließ, dachte er über die Vorteile nach, die das Junggesellentum bot. Nichts beschwerte sein Gewissen.

Vom Bahnhof Sevenoaks aus legte er die drei Kilometer lange Strecke zum Hangar zu Fuß zurück. Er verbrachte die Nacht im Schuppen und las Zeitung. Lange vor der Morgendämmerung hatte er seinen

Overall übergestreift und seinen Anzug, sorgfältig zusammengefaltet, in einen Schrank gehängt.

Es herrschte ideales Flugwetter. Um fünf Uhr morgens startete er mit Hilfe von zwei Arbeitern, die gerade vorbeikamen, seine Maschine und stieg über der schlafenden Stadt auf. Zum Glück herrschte kein Wind. Noch wichtiger aber war, daß über dem Meer noch Nebel lag. Er hatte die Richtung nach Whitstable eingeschlagen. Als er in der Dunkelheit das Rauschen der Brandung hören konnte, drückte er die Maschine hinunter, bis er die Küste sah. Er machte eine Küstenwachstation aus und flog noch ein Stück am Strand entlang.

Die Zeitungen, die einen Bericht über den Flugzeugabsturz veröffentlichten, beschrieben, daß man die Maschine, drei Kilometer von der Küste entfernt auf dem Rücken schwimmend, gefunden habe; sie schilderten die Suchaktion der Küstenwache und der Polizei nach der Leiche des unglücklichen Felix O'Hara Golbeater, der offenbar auf dem Flug zu seinem Bungalow die Orientierung verloren hatte und ertrunken war. Vorsichtig deutete man an, daß er zur französischen Küste unterwegs gewesen sei, und zwar aus gutem Grund.

Aber niemand konnte berichten, daß Felix O'Hara Golbeater dicht über der Wasseroberfläche seine Maschine steil hochgezogen hatte, und – nur wenige Meter vom Strand entfernt – ins Meer gesprungen war, fast sechzigtausend Pfund in der wasserdichten Tasche.

Niemand konnte erzählen, daß er das einsame kleine

Haus an der Küste erreicht, auf der Veranda seine nassen Sachen ausgezogen, das Haus betreten, sich umgekleidet hatte und wieder herausgekommen war, um seinen Overall zu einem Bündel zu verschnüren, das er dann in eine mit Steinen beschwerte Tasche stopfte. Er versenkte sie in einem tiefen Brunnen hinter dem Haus.

Dann rasierte er sich den Bart und die Augenbrauen ab, ohne auch nur eine Sekunde zu verlieren.

Diese Dinge wurden nicht geschildert, weil niemand davon wußte. Kein Reporter besaß Phantasie genug, um sie sich vorzustellen.

In den frühen Vormittagsstunden fuhr ein glattrasierter, jung wirkender Motorradfahrer nach London zurück, nur in solchen Städten und vor jenen Herbergen haltend, wie sie ein Motorradfahrer aufzusuchen pflegt.

Nach Einbruch der Dunkelheit kam er in London an. Er stellte sein Motorrad in einer Garage ab und ließ dort auch seinen nassen Mantel zurück. Eigentlich verfügte er über einen raffinierteren Plan zur Beseitigung dieser Gegenstände, aber er hielt es nicht für nötig, ihn auszuführen.

Es gab Felix O'Hara Golbeater nicht mehr. Er war wirklich so aus der Welt getreten, als liege er auf dem Meeresboden.

Monsieur Alphonse Didet verlangte bei der Gepäckaufbewahrung in gutem Französisch und gebrochenem Englisch die Herausgabe seiner beiden Koffer.

Was Letherhampton betraf, so war der dort ansässige Franzose eingetroffen oder zurückgekehrt – man wußte nicht genau, ob er nicht schon längere Zeit dort gewohnt hatte –, und man unterhielt sich darüber, wenn auch die Gespräche in erster Linie in landwirtschaftlichen Problemen ihr Thema fanden.

Inzwischen diskutierte London mit atemloser Neugier das Schicksal Felix O'Hara Golbeaters. Scotland Yard untersuchte Mr. Golbeaters Büro im Stadtteil Bloomsbury ebenso wie Mr. Golbeaters Bankkonto, wobei man zwar allerhand Interessantes entdeckte, aber kein Geld.

Ein blasses Mädchen, begleitet von einem schlanken, aufgeregten jungen Mann, suchte den mit der Untersuchung beauftragten Kriminalbeamten auf.

»Nach unserer Meinung ist er bei dem Versuch, nach Frankreich zu entkommen, tödlich verunglückt«, erklärte der Polizeibeamte eindrucksvoll. »Wir halten ihn für tot.«

»Ich nicht«, erwiderte der junge Mann.

Der Kriminalbeamte hielt ihn für einen Dummkopf, versagte es sich aber, seiner Meinung Ausdruck zu verleihen.

»Ich bin überzeugt davon, daß er noch lebt«, sagte Fearn laut. »Ich sag' Ihnen, daß der Kerl zu raffiniert ist. Wenn er aus England flüchten wollte, warum hat er denn nicht das Schiff genommen? Was hätte ihn daran hindern sollen?«

»Ich dachte, Sie hätten Privatdetektive beauftragt, in den Häfen auf ihn zu achten?«

Der junge Mann wurde rot.

»Ja«, gestand er, »das hatte ich vergessen. Ich hatte nicht mehr daran gedacht.«

»Wir leiten natürlich die Fahndung ein«, fuhr der Kriminalbeamte fort, »aber ich muß ehrlich gestehen, daß ich mir nicht viel davon verspreche.«

Um der Polizei Gerechtigkeit widerfahren zu lassen, muß man zugeben, daß die Beamten sich alle Mühe gaben. Man durchsuchte den Bungalow in Whitstable äußerst gründlich, aber erfolglos. Man fand keine Spur. Selbst der Spiegel, an dem sich Golbeater rasiert hatte, war verstaubt; gerade davon hatte sich der Kriminalbeamte einiges erhofft.

Man suchte auch den Boden rings um das Haus systematisch ab, aber der Tag, an dem Golbeater das Weite gesucht hatte, war regnerisch gewesen, und überdies hatte er das Motorrad bis zur Straße geschleppt.

In seiner Wohnung fanden sich keine Hinweise auf den Verbleib des Flüchtlings. Der halbfertige Brief stützte eher die Theorie, wonach er keineswegs beabsichtigt haben konnte, sich abzusetzen.

Zum Glück war der Fall für die französischen Zeitungen interessant genug, um Felix O'Hara Golbeater die Möglichkeit zu geben, sich einigermaßen zu informieren. Pünktlich jeden Morgen trafen in seiner Villa vier oder fünf Pariser Blätter ein. Mit englischen Zeitungen gab er sich nicht ab; dafür war er zu klug. In den Spalten des ›Matin‹ fand er einiges über seine Person: Alles, was er wissen wollte, alles zu seiner Zufriedenheit.

Er genoß das bequeme Leben eines Gentlemans. Er hatte alle Einzelheiten seiner Zukunft genau vorausgeplant. Er wollte sich ein halbes Jahr in diesem hübschen, kleinen Gefängnis aufhalten und anschließend mit Hilfe einer auf taktvolle Weise arrangierten Korrespondenz seine Identität als Monsieur Alphonse Didet unwiderlegbar beweisen. Nach diesem halben Jahr gedachte er zu verreisen – vielleicht nach Frankreich, mit dem Zug, oder, was noch erfreulicher wäre, mit einer Segeljacht.

Zunächst aber beschäftigte er sich mit der Pflege seiner Rosen, dem Studium der Astronomie – der verstorbene Eigentümer der Villa hatte sich ein kleines Observatorium einrichten lassen – und einer ausführlichen Korrespondenz mit verschiedenen wissenschaftlichen Gesellschaften in Frankreich.

Nun gab es damals in Letherhampton einen Polizeiinspektor, der sich für vieles interessierte und begeisterte. Unfreundliche Leute behaupteten gelegentlich hämisch, seine Studien ließen ein Gebiet außer acht, das für seinen Beruf wichtig gewesen wäre – das Studium der Kriminologie.

Polizeiinspektor Grayson war Autodidakt. Er gehörte zu den Menschen, die eine Vorliebe für Fernkurse haben. Gegen geringes Entgelt, aber mit enormem Fassungsvermögen für Fakten, die dem Durchschnittsmenschen unwichtig sind, war er der Reihe nach Werbefachmann, Ingenieur, Journalist geworden und hatte Französisch und Spanisch gelernt. Sein Französisch war von jener Art, wie man es am besten in England versteht, insbesondere bei den Fernkursinstituten, aber davon wußte der gute Inspektor nichts. Er sehnte sich nur nach einer Gelegenheit, bei einem echten Franzosen seine Kenntnisse auszuprobieren.

Vor der Ankunft Monsieur Alphonse Didets hatte er häufig in der Villa vorgesprochen und sich mit den Dienern in ihrer Sprache unterhalten. Da sie jedoch einfache Leute waren, verstanden sie die klassische Sprache natürlich nicht, und er tat seine begriffsstutzigen Opfer als Provinzbanausen ab, obwohl sie in Wirklichkeit aus Paris stammten.

Seit Monsieur Alphonse jedoch dort zu wohnen geruhte, suchte Inspektor Grayson nur nach einem Vorwand, ihn aufsuchen zu dürfen, genauso hilflos, wie der Amateur im kritischen Augenblick nach einem Hammer sucht, wenn er ein Bild aufhängen will. Die üblichen Wege waren verbaut. Monsieur Didet konnte als Franzose nicht Geschworener sein, er bezahlte pünktlich seine Steuern, er hatte noch nie einen Verkehrsunfall mit seinem Auto verursacht, weil er gar keins besaß.

Der Inspektor verzweifelte schon und wollte sich beinahe damit abfinden, Monsieur Didet niemals gegenübertreten zu können, als ein unglücklicher Polizeiwachtmeister im Dienst schwer verletzt wurde. Mit Genehmigung des zuständigen Polizeichefs begann man für ihn zu sammeln. Inspektor Grayson übernahm das für seinen Bezirk, und wenn er etwas übernahm, dann machte er es gründlich.

Auf diese Weise konnte er endlich im ›Chateau Blanche‹ vorsprechen.

Monsieur Alphonse Didet sah den stämmigen Inspektor schon von weitem kommen. Er war gestiefelt und gespornt und trug seine Militärorden. Monsieur Didet runzelte nachdenklich die Stirn. Dann öffnete er eine Schreibtischschublade und nahm seinen Revolver heraus. Er war geladen. Monsieur Didet starrte eine Weile vor sich hin, dann nahm er die Patronen heraus und warf sie in den Papierkorb. Wenn seine Verhaftung wirklich bevorstand, wollte er jedenfalls nicht das Risiko eingehen, gehenkt zu werden.

Paul, der Butler, meldete den Besucher an.

»Nur herein damit«, sagte Monsieur Alphonse und lehnte sich lässig im Sessel zurück, ein wissenschaftliches Buch auf den Knien, die Brille halb auf der Nase. Er sah den Polizeibeamten mit erhobenen Brauen an, stand auf und bot ihm einen Sitzplatz an.

Der Inspektor räusperte sich und sprach ihn auf französisch an. Er wünsche Monsieur einen guten Morgen, er bedaure es außerordentlich, den gelehrten Professor bei seinen Studien zu stören, aber, hélas!, ein tapferer Gendarm der Landpolizei habe einen schrecklichen Unfall erlitten.

Der andere lauschte und begriff, atmete langsam aus, seufzte erleichtert und spürte, wie seine Knie zitterten. So war ihm noch nie zumute gewesen.

Auch er empfinde starkes Mitgefühl, meinte er. Was könne er tun?

Der Inspektor nahm ein Blatt Papier aus der Tasche, erklärte auf französisch, was der Aufruf zu bedeuten habe, und zählte die gesamten Vorfahren der wichtigen Persönlichkeiten auf, die sich auf der Liste schon eingetragen hatten. Große, steile Namenszüge, kaum lesbar, außer in der Spalte für Geldbeträge, wo Vernunft und Stolz gebeut hatten, die gespendeten Summen deutlich lesbar zu malen.

Welche Erleichterung! Alphonse Didet reckte die Schultern und atmete die freie Luft der Unbescholtenheit.

Beinahe übermütig, wenngleich nach außen hin ernst und gesammelt, trat er an einen Schrank. Was sollte er geben?

»Wieviel sind fünfzig Francs?« fragte er über die Schulter.

»Etwa vier Pfund«, erwiderte der Inspektor stolz.

Monsieur Alphonse Didet unterschrieb, setzte den Betrag von vier Pfund in die entsprechende Spalte, nahm einen Fünfzig-Franc-Schein aus der Schublade und überreichte ihn zusammen mit der Subskriptionsliste dem Inspektor.

Auf beiden Seiten gab es höfliche Verbeugungen und Komplimente; der Inspektor verabschiedete sich, Monsieur Alphonse Didet sah ihm voll Zufriedenheit nach.

In derselben Nacht, als er den Schlaf des Gerechten schlief, betraten zwei Kriminalbeamte von Scotland Yard sein Zimmer und verhafteten ihn.

Auf der Spendenliste hatte er mit kühnen, überschwenglichen Schriftzügen seinen Namen verewigt: ›Felix O'Hara Golbeater‹.

Goldmann Sachbücher

Zeitgeschehen

Allgeier, Kurt
Tierexperimente.
Pro und Contra.
(11277) DM 6.80

**Astor, David /
Yorke, Valerie**
Frieden in Nahost?
Eine grundlegende Analyse der
Friedensmöglichkeiten vor und nach
Camp David.
(3749) DM 6.80 DE

Balkhausen, Dieter
Die dritte industrielle Revolution.
(11283) DM 7.80

Bruckmann, Gerhart
Sonnenkraft statt Atomenergie.
Der reale Ausweg aus der Energie-
krise.
(11274) DM 8.80

**Buchholz, Axel /
Kulpok, Alexander**
Revolution auf dem Bildschirm.
Die neuen Medien Videotext und
Bildschirmtext.
(11265) DM 6.80

Engelmann, Bernt
Krupp. Die Geschichte eines Hauses
– Legenden und Wirklichkeit.
(11924) DM 12.80
Deutschland ohne Juden.
Eine Bilanz.
(11240) DM 12.80
Die vergoldeten Bräute.
Wie Herrscherhäuser und Finanzim-
perien entstanden.
(6363) DM 7.80
(Hrsg.) VS vertraulich–Band II
(3747) DM 5.80
(Hrsg.) VS vertraulich–Band III
(3885) DM 7.80
(Hrsg.) VS vertraulich–Band IV
(3997) DM 7.80
(Hrsg.) Literatur des Exils.
Eine P.E.N.-Dokumentation.
Mit einem Verzeichnis der Mitglieder
des P.E.N.-Zentrums Bundesrepublik
Deutschland.
(6362) DM 7.80
(Hrsg.) Bestandsaufnahme.
(3955) DM 12.80

Europäische Perspektiven
Herausgegeben von der politischen
Redaktion des Saarländischen
Rundfunks.
(3840) DM 6.80

Fuchs, Eberhard
Jugendsekten.
(3839) DM 5.80

Fucks, Wilhelm
Mächte von Morgen.
Tendenzen — Konsequenzen.
(11279) DM 7.80

**Gaedemann, Claus
Weber, Sybille /**
Singles
(11262) DM 7.80

Galbraith, John K.
Mächte. Märkte & Moneten.
Die Tyrannei der Umstände.
(11292) DM 9.80

Gloede, Walter
Sport, die unbekannte Größe
im politischen Spiel.
(11286) DM 9.80

Gregor-Dellin, Martin (Hrsg.)
P.E.N.
Bundesrepublik Deutschland.
Seine Mitglieder, seine
Geschichte, seine Aufgaben.
(3682) DM 9.80

Hacker, Friedrich
Freiheit die sie meinen.
(11254) DM 9.80

Hackethal, Julius
Operation — ja oder nein? Ein
Ratgeber für Gesunde und
Kranke.
(11295) DM 9.80

**Harriman, W. Averell /
Abel, Elie**
In geheimer Mission.
Als Sonderbeauftragter
Roosevelts
bei Churchill und Stalin
1941-1946
(11293) DM 9.80

Hiebeler, Toni
Eigerwand. Von der
Erstbegehung
bis heute.
(11163) DM 7.80

Hirsch, Kurt
Die heimatlose Rechte.
Die Konservativen und
Franz Josef Strauß.
(11264) DM 6.80

Höhne, Heinz
Der Orden unter dem Totenkopf.
Die Geschichte der SS.
(11179) DM 9.80
Canaris. Patriot im Zwielicht.
(11196) DM 10.80

Horbach, Michael
So überlebten sie den Holocaust.
Zeugnisse der Menschlichkeit
1933-1945.
(3845) DM 6.80

**Javers, Ron /
Kilduff, Marshall**
Der Selbstmordkult.
Die Hintergrundgeschichte der
»Volkstempel«-Sekte und das
Massaker von Guayana.
(3837) DM 6.80 DE

Kissinger, Henry A.
Amerikanische Außenpolitik.
Analysen und Tendenzen.
(11284) DM 6.80

Klump, Brigitte
Das rote Kloster.
Eine deutsche Erziehung.
(11291) DM 9.80

Konzelmann, Gerhard
Die Islamische Republik und die
Schiiten.
(11275) DM 7.80

Krewerth, Rainer A. (Hrsg.)
Papst Johannes Paul II in
Deutschland.
Im Großformat 21 x 28 cm.
(10000) DM 16.80
Papst Johannes Paul II —
Seine Reden in Deutschland.
(11309) DM 4.80

Lambsdorff, Otto Graf
Zielsetzung.
Aufgaben und Chancen der
Marktwirtschaft.
(11229) DM 7.80

Lehmann, Johannes
Die Kreuzfahrer. Abenteurer .
Gottes.
(11281) DM 12.80

Leonhard, Wolfgang
Eurokommunismus.
Entstehung
und Entwicklung.
Herausforderung
für Ost und West.
(11256) DM 12.80
Was ist Kommunismus?
Wandlungen einer Ideologie.
(11221) DM 7.80

Lohmar, Ulrich
Wo uns der Schuh drückt.
Zwanzig Beiträge zur deutschen
Politik.
(11278) DM 7.80
Staatsbürokratie.
Das hoheitliche Gewerbe.
(11186) DM 5.80

Nollau, Günther
Das Amt.
50 Jahre Zeuge der Geschichte.
(11210) DM 7.80
Wie sicher ist die Bundesrepublik?
(11220) DM 5.80

Peccei, Aurelio (Hrsg.)
Club of Rome.
Zukunftslernen.
Bericht für die achtziger Jahre.
(11289) DM 6.80

Picker, Henry
Hitlers Tischgespräche im
Führerhauptquartier.
(11234) DM 14.80

Ponto, Jürgen
Mut zur Freiheit.
(11214) DM 6.80

**Protokoll der Bundes-
regierung zur Entführung
von Hanns Martin Schleyer.**
(11154) DM 5.80

Ruge, Gerd
Begegnung mit China.
Eine Weltmacht im Aufbruch.
(11282) DM 12,80

Rullmann, Hans Peter
Tito — Vom Partisan zum
Staatsmann.
(11288) DM 6,80

Ist der Kommunismus reformier-
bar? Nach dem polnischen Herbst
— Frühling in Osteuropa?
(11307) DM 5,80

Sadat, Anwar El
Unterwegs zur Gerechtigkeit.
Die Geschichte meines Lebens.
(11238) DM 8,80

**Schachtschabel,
Hans Georg**
Lexikon der Wirtschaftspolitik.
(10806) DM 7,80

Schedl, Otto
Atomkraft und kein Ende.
(11263) DM 6,80

Schelsky, Helmut
Auf der Suche nach Wirklichkeit.
Gesammelte Aufsätze zur Soziolo-
gie der Bundesrepublik.
(11217) DM 9,80

Schmidt, Helmut
Hart am Wind. Helmut Schmidts
politische Laufbahn.
(11273) DM 7,80

Schreiber, Hermann
Die Chinesen. Reich der Mitte
im Morgenrot.
(11257) DM 12,80

Spiegel
DDR — Das Manifest der
Opposition.
(11204) DM 5,80

Steinbuch, Karl
Maßlos informiert.
Die Enteignung unseres Denkens.
(11248) DM 7,80

Suyin, Han
Der Flug des Drachen.
Mao Tse-tung und die chinesische
Revolution.
(11209) DM 9,80

**Tatsachen über
Deutschland.**
Ein Handbuch in Bildern, Texten
und Zahlen.
(11222) DM 7,80

In portugiesischer Sprache.
(11241) DM 8,80
In englischer Sprache.
(11242) DM 8,80
In spanischer Sprache.
(11243) DM 8,80
In französischer Sprache.
(11244) DM 8,80

Vahlefeld, Hans Wilhelm
Fernost fordert heraus.
Ein Auslandskorrespondent erlebt
Indien, China und Japan.
(11247) DM 7,80

Waldheim, Kurt
Der schwierigste Job der Welt.
Die UNO - die beste aller Chancen.
(11236) DM 5,80

Weißbuch 1979
zur Sicherheit der Bundesrepublik
Deutschland und zur Entwicklung
der Bundeswehr.
(3904) DM 6,80

Winnacker, Karl
Schicksalsfrage Kernenergie.
(11268) DM 7,80

Woods, Donald
Steve Biko.
Stimme der Menschlichkeit.
(3695) DM 8,80 DE

**Goldmann
Großer Zahlenreport**
(11235) DM 14,80

Eine Auswahl aus dem Sachbuch-Programm / Preisänderungen vorbehalten

Goldmann Sachbücher

Archäologie

Benesch, Kurt
Rätsel der Vergangenheit.
Das Abenteuer Archäologie heute.
(11228) DM 8,80

Brunhouse, Robert L.
Das Geheimnis der Maya.
Report über die abenteuerliche Suche nach einer versunkenen Kultur
(11208) DM 7,80 DE

Carnac, Pierre
Geschichte beginnt in Bimini.
Vom Ursprung der menschlichen Kultur.
(11251) DM 8,80

Cottrell, Leonhard
Verschollene Königreiche.
Die Wunder versunkener Kulturen.
(11203) DM 7,80

Hafner, German
Sternstunden der Archäologen.
Alten Kulturen auf der Spur.
(11260) DM 9,80

Lurker, Manfred
Götter und Symbole der alten Ägypter.
(11276) DM 6,80

Moffett, Robert K.
Wunder und Rätsel der Pyramiden.
Das geheime Wissen der alten Ägypter neu entdeckt.
(11192)
DM 5,80 DE

Schliemann, Heinrich
Die Goldschätze der Antike.
Herausgegeben und kommentiert von Dr. Kurt Benesch
(11303) DM 9,80

Vandenberg, Philipp
Auf den Spuren unserer Vergangenheit. Die größten Abenteuer der Archäologie.
Mit 32 Abbildungen.
(11180) DM 6,80
Der vergessene Pharao.
Unternehmen TUT-ENCH-AMUN.
(11287) DM 9,80

Biographien

Cordier, Jacques
Jeanne D'Arc.
Eine Biographie.
(11933) DM 8,80

Diwald, Hellmut
Wallenstein.
Eine Biographie.
(11290) DM 12,80

Grey, Ian
Katharina die Große.
Eine Biographie.
(11926) DM 7,80

Haeussermann, Ernst
Herbert von Karajan.
Eine Biographie.
(3893) DM 7,80

Jannings, Emil
Mein Leben.
Aufgeschrieben von C.C. Bergius.
(11931) DM 6,80

Koch, Lutz
Erwin Rommel. Der Wüstenfuchs.
Eine Biographie.
(11925) DM 7,80

Lehmann, Johannes
Die Staufer. Glanz und Elend eines deutschen Kaisergeschlecht
(11294) DM 12,80

Ludwig, Emil
Bismarck. Eine Biographie.
(11923) DM 9,80

Nelson, Walter Henry
Die Hohenzollern. Die Biographie eines königlichen Hauses.
(11928) DM 9,80

Olivier, Daria
Elisabeth von Rußland.
Eine Biographie.
(11930) DM 7,80

Pahlen, Kurt
Tschaikowsky.
Ein Lebensbild.
(3927) DM 7,80

Rehberg, Walter und Paula
Chopin. Eine Biographie.
(11927) DM 9,80

Schenk, Erich
Mozart. Sein Leben — Seine Welt.
(11921) DM 11,80

Stresemann, Wolfgang
Mein Vater Gustav Stresemann.
(11934) DM 12,80

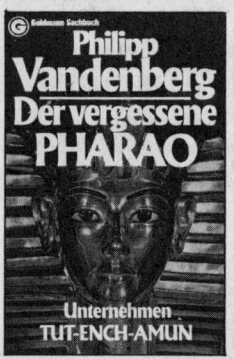

Eine Auswahl aus dem Sachbuch-Programm / Preisänderungen vorbehalten

Goldmann Sachbücher

Eine Auswahl aus dem Sachbuch-Programm / Preisänderungen vorbehalten

Goldmann Sachbücher

Geschichte Kulturgeschichte Kunst

Döbler, Hannsferdinand
Döblers Kultur- und Sittengeschichte der Welt.
Eros. Sexus. Sitte. (Bd. 1)
(11165) DM 9.80
Stadt, Technik, Verkehr. (Bd. 2)
(11166) DM 9.80
Kochkunst, Tafelfreuden, Eßkultur.
(Bd. 3) (11167) DM 9.80
Kleidung, Mode, Schmuck. (Bd. 4)
(11168) DM 9.80
Schrift, Buch, Wissenschaft. (Bd. 5)
(11169) DM 9.80
Magie, Mythos, Religion. (Bd. 6)
(11170) DM 9.80
Handwerk, Handel, Industrie.
(Bd. 7) (11171) DM 9.80
Spiel, Sport, Kunst. (Bd. 8)
(11172) DM 9.80
Gesetz, Herrschaft, Krieg. (Bd. 9)
(11173) DM 9.80
Jäger, Hirten, Bauern. (Bd. 10)
(11174) DM 9.80

Ekschmitt, Werner
Der Aufstieg Athens.
(11299) DM 8.80

Ellis, Keith
Magie der Zahl.
Ihre Rolle in Natur, Kunst und
Alltag.
(11224) DM 7.80 DE

Engelmann, Bernt
Preußen.
Land der unbegrenzten
Möglichkeiten.
(11300) DM 9.80

Faber, Gustav
Die Normannen.
Piraten, Entdecker, Staatsgründer.
Mit 8 Schwarzweißtafeln und
1 Karte.
(11175) DM 6.80

Freund, Michael
Deutsche Geschichte.
Mit zahlreichen Illustrationen.
(11155) DM 19,80

Grieser, Dietmar
Schauplätze der Weltliteratur.
Band I.
(11219) DM 6.80
Schauplätze der Weltliteratur.
Band II.
(11246) DM 6.80

Hamann, Brigitte
Kronprinz Rudolf.
Der Weg nach
Mayerling.
(3961) DM 9.80

Hellwig, Gerhard
Daten der deutschen Geschichte.
(11156) DM 7.80

Hynek, J. Allen
UFO. Begegnungen der ersten,
zweiten und dritten Art.
(11720) DM 7,80 DE

Muck, Otto
Geburt der Kontinente. Ein Protokoll zum 8. Schöpfungstag.
(11253) DM 7.80

Pahlen, Kurt
Musik hören — Musik verstehen.
Eine Einführung in die Welt der
Töne.
(11147) DM 5,80

Ranke, Leopold von
Preußische Geschichte.
Hrsg.: Hans-Joachim Schoeps.
(11296) DM 9,80

Rudolf, Kronprinz
Schriften.
Herausgegeben von Brigitte
Hamann.
(11311) DM 9,80

Schoeps, Hans-Joachim
Religionen. Wesen und Geschich
(11202) DM 9.80

Stammel, H.J.
Die Indianer. Die Geschichte eine
untergegangenen Volkes.
(11212) DM 7.80
Indianerlexikon.
(11216) DM 6.80

Tannahill, Reay
Fleisch und Blut.
Eine Kulturgeschichte des
Kannibalismus.
(11215) DM 7.80

Uhlig, Helmut
Die Sumerer.
Volk am Anfang der Geschichte.
(11301) DM 8.80

Woltersdorf, Hans W.
PSI ist ganz anders.
(11176) DM 5.80

Eine Auswahl aus dem Sachbuch-Programm / Preisänderungen vorbehalten

Große Reihe

Das vollständige Programm / Preisänderungen vorbehalten

Romane Unterhaltung Tatsachenberichte

Aldridge, Alan (Hrsg.)
The Beatles Songbook.
Mit vielen farbigen Abbildungen
und vollständigen Songtexten.
Im Großformat 21 x 28 cm.
(10197) DM 19,80

Aldridge, James
Der wunderbare Mongole.
Roman. (3941) DM 4,80

Barbier, Elisabeth
Verschlossenes Paradies.
Roman. (6308) DM 6,80

Die Mogador-Saga. Bd. I
Bezaubernde Julia.
Roman. (3655) DM 6,80
Die Mogador-Saga. Bd. II.
Leid und Liebe für Julia.
Roman. (3667) DM 5,80
Die Mogador-Saga. Bd. III.
Ludivine und Frédéric.
Roman. (3697) DM 6,80
Die Mogador-Saga. Band IV.
Schicksalsjahre für Ludivine.
Roman. (3708) DM 5,80
Die Mogador-Saga. Band V.
Junge Herrin Dominique.
Roman. (3724) DM 5,80
Die Mogador-Saga. Bd. VI.
Bittersüße Liebe für Dominique.
Roman. (3753) DM 5,80
Mein Vater, der Held.
Roman. (3945) DM 5,80
Weder Tag noch Stunde.
Roman. (3943) DM 6,80

Baumann, Bodo
Bitte recht amtlich.
Satiren aus Deutschland.
(3941) DM 4,80

Beaty, David
Flucht aus Kajandi.
Roman. (6302) DM 6,80
Zone des Schweigens.
Roman. (3852) DM 5,80
Gesetz der Serie.
Roman. (3448) DM 5.—
Um Haaresbreite.
Roman. (3460) DM 6,80
Testflug.
Roman. (3644) DM 5,80
Der letzte Flug.
Roman. (3764) DM 6,80
Sirenengesang.
Roman. (3712) DM 5,80

Bergfeld, Thorsten
Nachmittagssonne.
Roman. (6352) DM 6,80

Bergius, C.C.
Söhne des Ikarus.
Die abenteuerlichsten Flieger-
geschichten der Welt.
(3989) DM 6,80
Heißer Sand.
Roman. (3963) DM 5,80
Schakale Gottes.
Roman. (3863) DM 6,80
Der Tag des Zorns.
Roman. (3519) DM 5,80

Das weiße Krokodil.
Roman. (3502) DM 3,80
Entscheidung auf Mallorca.
Roman. (3672) DM 5,80
Dschingis Chan.
Roman. (3664) DM 7,80
Der Fälscher.
Roman. (3751) DM 6,80

Bergner, Elisabeth
Bewundert viel und viel
gescholten.
Unordentliche Erinnerungen.
(3980) DM 8,80

Berthold, Will
Revolution im weißen Kittel.
Hoffnungen und Siege der
modernen Medizin.
(3977) DM 7,80
Etappe Paris.
Roman. (3903) DM 5,80
Fünf vor zwölf — und kein
Erbarmen.
Roman. (3702) DM 5,80
Brigade Dirlewanger.
Roman. (3518) DM 5,80
Feldpostnummer unbekannt.
Roman. (3539) DM 5,80
Prinz-Albrecht-Straße.
Roman. (3673) DM 6,80
Vom Himmel zur Hölle.
Roman nach Tatsachen.
(3842) DM 5,80
Auf dem Rücken des Tigers.
Roman. (3832) DM 5,80

Beth, Gunther
Meine Mutter tut das nicht.
Roman. (3915) DM 5,80

Bieler, Manfred
Der Kanal.
Roman. (3998) DM 9,80

Binding, Rudolf G.
Reitvorschrift für eine Geliebte.
Mit Federzeichnungen von
Wilhelm M. Busch.
(3507) DM 3,80

**Blaumeiser, Josef /
Nittner, Tomas**
Die Wüste bebt.
Absolut keine
Legenden über Arabien.
(6951) DM 7,80

Blickensdörfer, Hans
Der Schacht.
Roman. (3650) DM 6,80

Blobel, Brigitte
Der Mandelbaum.
(6358) DM 5,80
Ehepaare.
Roman. (6359) DM 5,80
Das Osterbuch.
(3847) DM 5,80
Alsterblick.
Roman. (3917) DM 5,80
Jasminas Sohn.
Roman. (6357) DM 5,80

Brent, Madeleine
Cadi.
Roman. (3851) DM 6,80

Bromfield, Louis
Nacht in Bombay.
Roman. (3723) DM 7,80
Kenny.
Roman. (3392) DM 3,80
Früher Herbst.
Roman. (3661) DM 5,80

Buchheim, Lothar-Günther
Tage und Nächte steigen aus dem
Strom. Eine Donaufahrt.
(6343) DM 6,80

Buck, Pearl S.
Frau im Zorn.
Roman. (3999) DM 6,80
Wer Wind sät...
Roman. (3960) DM 5,80
Die Liebenden. Erzählungen.
(3991) DM 6,80
Ruf des Lebens.
Roman. (3912) DM 5,80
Und fänden die Liebe nicht.
Roman. (3850) DM 5,80

Geheimnisse des Herzens.
Erzählungen. (3874) DM 6,80
Über allem die Liebe.
Roman. (773) DM 4,80
Die gute Erde.
Roman. (3654) DM 5,80
Das Mädchen Orchidee.
Roman. (3504) DM 6,80
Die Wandlung des jungen Ko-sen.
Roman. (3534) DM 4,80
Der Weg ins Licht.
Roman. (3944) DM 5,80

Burgess, Alan
Sieben Mann im Morgengrauen.
Das Attentat auf Heydrich.
(6329) DM 6,80

Busch, Fritz Otto
Das Geheimnis der »Bismarck«.
Kampf und Untergang des berühmten deutschen Schlachtschiffes.
(3523) DM 5,80

Buschow, Rosemarie
Der Prinz und ich.
Eine wahre Geschichte aus dem
Lande der Ölscheichs.
Ein BUNTE-Buch.
(3957) DM 6,80 DE

Byhan, Inge
In 30 Sekunden Crash.
Die ungewöhnlichsten Flugzeug-
katastrophen nach Berichten von
Augenzeugen. Ein BUNTE-Buch.
(3952) DM 5,80

Caldwell, Erskine
In Gottes sicherer Hand.
Roman. (3910) DM 6,80

Caldwell, Taylor
Gesellschaft im Blizzard.
Roman. (3660) DM 3,80

Canning, Victor
Das brennende Auge.
Roman. (3859) DM 5,80

Colpet, Max
Es fing so harmlos an.
Roman. (3914) DM 5,80

Constantine, Eddie
Der Favorit.
Roman. (6321) DM 5,80
(6360) DM 7,80

Cordes, Alexandra
Dunkle Nacht, heller Tag.
Roman. (6307) DM 5,80
Sehnsucht ist mehr als
ein Traum.
Roman. (6336) DM 5,80
Gefährliche Liebe.
Roman. (3969) DM 6,80
Das Lied von Liebe und Tod.
Roman. (3898) DM 5,80
Haus der Träume.
Roman. (3703) DM 5,80
Wilde Freunde.
Die Abenteuer des Rick Hardt.
(3524) DM 4,80
Die Buschärztin.
Roman. (3645) DM 5,80
Das Kind des anderen.
Roman. (3830) DM 5,80
Ich will mir dir allein sein.
Roman. (3908) DM 5,80
Saat der Sünde.
Roman. (3936) DM 5,80
Der Engel mit den schwarzen
Flügeln.
Roman. (3868) DM 5,80

Courtney, Caroline
Olivia. Triumph der Liebe.
Roman. (6361) DM 4,80
Lucinda. Geheimnisvolle Liebe.
Roman. (3965) DM 4,80
Davinia. Königsweg der Liebe.
Roman. (3994) DM 4,80

Cussler, Clive
Eisberg.
Roman. (3513) DM 6,80
Der Todesflieger.
Roman. (3657) DM 5,80
Hebt die Titanic.
Roman. (3976) DM 7,80

Czuday, Axel
Allein in der Arktis.
(3896) DM 8,80

Deeping, Warwick
Hauptmann Sorrell und
sein Sohn.
Roman. (3668) DM 7,80

Deighton, Len
Unternehmen Adler.
Tatsachenbericht.
(3979) DM 7.80

Große Reihe

Denk, Liselotte
Auf der Suche nach morgen.
6360 (DM 7,80)

Dietrich, Marlene
Nehmt nur mein Leben...
(6327) DM 7,80

Drewitz, Ingeborg
Gestern war Heute.
Roman. (3934) DM 9,80
Das Hochhaus.
Roman. (3825) DM 6,80

**Dronsart, Claude /
Nédélec, Hervé**
Saint Tropez, ich liebe dich.
Reportagen und Bilder.
(6364) DM 6,80

Dumas d.Ä., Alexandre
Die drei Musketiere.
Roman. (404) DM 8,80
Der Graf von Monte Christo.
Roman. (815) DM 7,80
Das Halsband der Königin.
Roman. (3404) DM 7,80

Dumas d.J., Alexandre
Die Kameliendame.
Roman. (3389) DM 4,80

Endrikat, Fred
Das große Endrikat-Buch.
(3720) DM 5,80

Engelmann, Bernt
Eingang nur für Herrschaften.
Karrieren über die Hintertreppe.
(3699) DM 5,80

English, Harold
In letzter Minute.
Roman. (6311) DM 7,80

Erler, Rainer
Die letzten Ferien.
Roman. (6310) DM 5,80
Die Delegation.
Roman. (3701) DM 5,80
Fleisch.
Roman. (3727) DM 6,80
Das Blaue Palais.
Romane nach der
gleichnamigen
Fernsehserie:
Das Genie.
(3743) DM 4,80
Der Verräter.
(3757) DM 4,80
Das Medium.
(3767) DM 4,80
Unsterblichkeit.
(3858) DM 5,80
Der Gigant.
(3909) DM 5,80

Fabel, Renate
Wo die Liebe hinfällt.
Roman. (3916) DM 5,80

**Fechner, Eberhard /
Kempowski, Walter**
Tadellöser & Wolff/Ein Kapitel für
sich.
Materialien zu ZDF-Fernseh-
sendungen.
(3902) DM 6,80

Felinau, Josef Pelz von
Titanic.
Der berühmte Roman um die größte
Schiffskatastrophe der Welt.
(3600) DM 6,80

Ferber, Edna
Saratoga.
Roman. (6328) DM 6,80
Giganten.
Roman. (3648) DM 7,80
Show Boat.
Roman. (3716) DM 6,80

Fernau, Joachim
Fernau siehe unten

Ferolli, Beatrice
Sommerinsel.
Roman. (3838) DM 6,80

Fischer, Marie Louise
Mutterliebe.
Roman. (4000) DM 5,80 (Mai 1981)
Ein ergreifender Roman der belieb-
ten Autorin Marie Louise Fischer.
Sie beschreibt das Urbild einer sich
aufopfernden Frau und Mutter, der
die Familie über alles geht.
Die Frauen vom Schloß.
Roman. (3970) DM 7,80
Aus Liebe schuldig.
Roman. (3990) DM 5,80
Tödliche Hände.
Roman. (3856) DM 5,80
Das Dragonerhaus.
Roman. (3869) DM 6,80
Der Schatten des anderen.
Roman. (3715) DM 5,80
Mit einer weißen Nelke.
Roman. (3508) DM 5,80
Süßes Leben, bitteres Leben.
Roman. (3642) DM 4,80
Des Herzens unstillbare Sehnsucht.
Roman. (3669) DM 4,80
Schwester Daniela.
Roman. (3829) DM 5,80
Diese heiß ersehnten Jahre.
Roman. (3826) DM 6,80
Die Rivalin.
Roman. (3706) DM 7,80

Joachim Fernau

Die Gretchenfrage.
Variationen über ein Thema von Goethe.
(6306) DM 5,80 (Juni 1981)

Joachim Fernau, eleganter Erzähler mit Esprit, der
Philosoph unter den Sachbuchautoren, mit heiter-gelas-
senen Causerien über die Gretchenfrage: "Wie hältst du's
mit der Religion?" Eine Variation in sieben Sätzen.
Fernau - von Millionen gelesen, von Millionen geliebt.

Rosen für Apoll.
Die Geschichte der Griechen
(3679) DM 5,80
Disteln für Hagen
Eine Bestandsaufnahme der
deutschen Seele
(3680) DM 5,80
**Deutschland, Deutschland
über alles ...**
Von Anfang bis Ende
(3681) DM 6,80

Die Genies der Deutschen
(3828) DM 6,80
Caesar läßt grüßen
Die Geschichte der Römer
(3831) DM 6,80
Halleluja
Die Geschichte der USA
(3849) DM 6,80
Und sie schämeten sich nicht
Ein Zweitausendjahr-Bericht
(3867) DM 5,80

Große Reihe

Preisänderungen vorbehalten

Lentz, Mischa
Isabel.
Die Geschichte eines Sommers.
(6351) DM 5,80

Es ist schon sieben und Grischa
nicht hier...
Roman. (6337) DM 5,80

Leonhardt, Rudolf Walter
(Hrsg.)
Lieder aus dem Krieg.
(3683) DM 6,80

Liewellyn, Richard
Der Judastag.
Roman. (3870) DM 7,80

Lundholm, Anja
Zerreißprobe.
Roman. (3877) DM 5,80

MacLean, Alistair
Rendezvous mit dem Tod.
Roman. (2655) DM 6,80
Das Mörderschiff.
Roman. (2880) DM 5,80

Mally, Anita
Premiere.
Roman. (6354) DM 5,80

Markus
Geschichte, die das Leben schrieb.
Ein stern-Buch.
(6952) DM 7,80

Martin, Hansjörg
Herzschlag.
Roman. (3951) DM 6,80

Maupassant, Guy de
Bel Ami.
Roman. (3411) DM 6,80

McKenna, Richard
Das Kanonenboot vom
Yangtse-Kiang.
Roman. (3532) DM 6,80

Meissner, Hans-Otto
Im Zauber des Nordlichts.
Reisen und Abenteuer am Polarkreis.
(6347) DM 8,80
Der Stern von Kalifornien.
Reisen und Abenteuer im Südwesten
der USA.
(3974) DM 8,80
Alatna.
Roman. (3857) DM 6,80
Versprechen im Schnee.
Roman. (3719) DM 5,80
Im Eismeer verschollen.
Roman. (2923) DM 4.—
Wildes rauhes Land.
Reisen und Jagen im Norden
Kanadas.
(3760) DM 7,80
Gemsen vor meiner Tür.
Jagdgeschichten.
(3956) DM 7,80

Merkel, Max
Geheuert — Gefeiert — Gefeuert.
Die bemerke(l)nswerten Erlebnisse
eines Fußballtrainers.
(3948) DM 6,80

Metternich, Tatiana
Bericht eines ungewöhnlichen
Lebens.
(3922) DM 8,80

Moore, Robin
Das chinesische Ultimatum.
Roman. (3535) DM 5,80
Big Money.
Roman. (3675) DM 5,80

**Moore, Robin /
Dempsey, Al**
Die Rom-Verschwörung.
Agententhriller.
(3973) DM 5,80
Die roten Falken.
Roman. (3659) DM 5,80
Die London-Falle.
Agententhriller.
(3946) DM 5,80 DE

**Moore, Robin /
Fuca, Barbara**
Ein Leben für die Hölle.
Roman. (3717) DM 4,80

Müller, André
Entblößungen.
Ausgefallene, interessante,
literarische Interviews.
(3887) DM 7,80

Munshower, Suzanne
John Travolta.
Disco-Star.
(3835) DM 5,80

Nelken, Dinah
Von ganzem Herzen.
Roman. (6301) DM 6,80

Och, Armin
Zürich
Paradeplatz.
Roman.
(6312) DM 6,80

Otta, Stephan
Nur ein Seitensprung.
Roman. (3919) DM 5,80

Pahlen, Henry
Der Gefangene der Wüste.
Roman. (2545) DM 6,80
In den Klauen des Löwen.
Roman. (2581) DM 5,80
Liebe auf dem Pulverfaß.
Roman. (3402) DM 4,80
Schlüsselspiele für drei Paare.
Roman. (3367) DM 6.—
Schwarzer Nerz auf zarter Haut.
Roman. (2624) DM 5,80

Pahlen, Kurt (Hrsg.)
Mein Engel, mein Alles, mein Ich
294 Liebesbriefe berühmter Musik
(6320) DM 7,80

Pepin F.
Magic 17.
Erotische Begegnungen.
(3855) DM 5,80

Konsalik

**Das Haus der
verlorenen Herzen.**
Roman. (6315) DM 6,80
Eine glückliche Ehe.
Roman. (3935) DM 6,80
**Das Geheimnis der sieben
Palmen.**
Roman. (3981) DM 6,80
Verliebte Abenteuer.
Heiterer Liebesroman.
(3925) DM 5,80
**Auch das Paradies wirft
Schatten.**
Die Masken der Liebe.
Zwei Romane.
(3873) DM 5,80
Der Fluch der grünen Steine.
Roman.
(3721) DM 5,80
Schicksal aus zweiter Hand.
Roman. (3714) DM 6,80
Die tödliche Heirat.
Kriminalroman.
(3665) DM 5,80

Manöver im Herbst.
Roman. (3653) DM 6,80
Ich gestehe.
Roman.
(3536) DM 5,80
Morgen ist ein neuer Tag.
Roman.
(3517) DM 5,80
Das Schloß der blauen Vögel.
Roman. (3511) DM 6,80
Die schöne Ärztin.
Roman.
(3503) DM 6,80
Das Lied der schwarzen Berge.
Roman. (2889) DM 5,80
Ein Mensch wie du.
Roman. (2688) DM 5,80
Die schweigenden Kanäle.
Roman. (2579) DM 5,80
Stalingrad.
Bilder vom Untergang der
6. Armee.
(3698) DM 7,80

Percha, Igor von
Charlotta. Gräfin von Potsdam.
Roman. (3466) DM 6.—
Christina Maria und die
Petersburger Nächte.
Roman. (3440) DM 4,80
Im Auftrag der Königin.
Roman. (3670) DM 4,80

Perrin, Elula
Nur Frauen können Frauen lieben.
Roman. (3926) DM 5,80

Marcel Pagnol
Der Dichter der Provence

Marius — Fanny — César.
Szenen aus Marseille.
(3972) DM 7,80
Marcel.
Eine Kindheit in der Provence.
(3750) DM 5,80
Marcel und Isabelle.
Die Zeit der Geheimnisse.
(3759) DM 5,80
Die Zeit der Liebe.
Kindheitserinnerungen.
(3878) DM 5,80
Die Wasser der Hügel.
Roman. (3766) DM 6,80
Die eiserne Maske.
Der Sonnenkönig und das
Geheimnis des großen Unbek.
(3862) DM 6,80

Piechota, Ulrike
Traumkonzert
Roman. (6355) DM 5,80

Plievier, Theodor
Stalingrad.
Roman. (3643) DM 6,80

Poe, Edgar Allan
Der Doppelmord in der Rue
Morgue   (523) DM 4,80
Der Untergang des Hauses Usher.
Erzählungen. (3410) DM 4,80

Poyer, Joe
Der Milliarden-Terror.
Polit-Thriller.
(3992) DM 6,80

**Preute, Michael und
Gabriele**
Deutschlands Kriminalfall Nr. 1
Vera Brühne — ein Justizirrtum?
(3891) DM 4,80

**Preute, Michael /
Guldner, Renate**
Elvis Presley. The King.
Mit 28 Illustrationen sowie vollst
Disco- und Filmographie.
(3597) DM 4,80

Raab, Fritz
Das Denkmal.
Roman. (6317) DM 7,80

Rampa, Lobsang
Das dritte Auge.
Ein tibetanischer Lama erzählt
sein Leben.
(3744) DM 6,80

Rand, Ayn
Der ewige Quell.
Roman. (3700) DM 9,80

**Rattay, Arno /
Chiczewski, Andrzej**
Narben.
Wege zur Versöhnung
zwischen Deutschen und Polen.
(6365) DM 7,80

Rezzori, Gregor von
Die Toten auf ihre Plätze!
Ein Filmtagebuch.
(3541) DM 5,80

Rosendorfer, Herbert
Stephanie und das vorige Leben.
Roman. (3823) DM 5,80

Rothenberger, Anneliese
Melodie meines Lebens.
Ein Weltstar erzählt.
(2990) 4,80

Ruark, Robert
Die schwarze Haut.
Roman. (6304) DM 8,80
Nie mehr arm. Roman.
1. Teil: (6333) DM 6,80
2. Teil: (6334) DM 6,80

Schaake, Ursula
Zwölf Tage im August.
Roman. (3666) DM 4,80

Schönthan, Gaby von
So nah der Liebe.
Roman. (3890) DM 5,80

Schrobsdorff, Angelika
Die kurze Stunde zwischen
Tag und Nacht.
Roman. (3964) DM 9,80
Der Geliebte.
Roman. (3525) DM 6,80
Die Herren.
Roman. (3471) DM 7,80

Schulberg, Budd
Der Entzauberte.
Roman. (3986) DM 7,80
Die Faust im Nacken.
Roman. (3762) DM 6,80

Sebastian, Peter
Schwester Carola.
Roman. (6322) DM 5,80

Stop, Dr. von Menasse!
Arztroman. (6346) DM 5,80
Als die letzte Maske fiel.
Arztroman.
(3993) DM 5,80
Der Chefarzt.
Roman. (3662) DM 4,80
Kaserne Krankenhaus.
Roman. (3822) DM 4,80

Segal, Erich
Oliver's Story.
Roman. (3709) DM 4,80

Seymour, Gerald
Der Ruf des Eisvogels.
Roman. (3930) DM 6,80

Sheldon, Sydney
Ein Fremder im Spiegel.
Roman. (6314) DM 6,80
Jenseits von Mitternacht.
Roman. (6325) DM 7,80
Blutspur.
Roman. (6342) DM 6,80

Sing mit Fischer.
Die schönsten Lieder der
Fischer-Chöre.
(3942) DM 6,80

Sinn, Dieter
Rom zu meinen Füßen.
Cesare Borgia. Ein Roman der Macht.
(6340) DM 7,80

Slaughter, Frank G.
Intensivstation.
Roman. (3506) DM 6,80

Sommer, Siegfried
Meine 99 Bräute.
Roman. (3871) DM 5,80

Steffens, Günter
Die Annäherung an das Glück.
Roman. (3988) DM 9,80

Steinbeck, John
Die wunderlichen Schelme von
Tortilla Flat.
Roman. (3923) DM 5,80
Wonniger Donnerstag.
Roman. (3931) DM 6,80

Stevens, Robert Tyler
Sommer in Livadia.
Roman. (6339)

Stromberger, Robert
(Hrsg.)
Tod eines Schülers.
Wer ist schuld am Selbstmord von
Claus Wagner?
(3950) DM 7,80

Tessin, Brigitte von
Der Bastard.
Roman. (3932) DM 9,80

Stone, Irving
Die Träume leben.
Die Karriere des Heizers D.
Roman. (6326) DM 6,80

Tetsche
Neues aus Kalau.
Ein stern-Buch.
(6953) DM 9,80

Tolstoi, Leo N.
Krieg und Frieden.
Roman. (430) DM 9,80

Troll, Thaddäus
Herrliche Aussichten.
Satirische Feststellungen.
(3734) DM 3,80

Troy, Una
Der Brückenheilige.
Roman. (3676) DM 5,80
Sommer der Versuchung.
Roman. (3380) DM 5,80

Trudeau, Margaret
Ich pfeif' auf die Vernunft.
Erinnerungen.
(3864) DM 7,80

Große Reihe

Preisänderungen vorbehalten

Vialar, Paul
Madame de Viborne.
Roman. (3704) DM 9,80

Wagner, F.J.
Das Ding.
Roman. (3921) DM 6,80

Walker, Margaret
Die Sklavin.
Roman. (3568) DM 6,80

Wallace, Lewis
Ben Hur.
Roman. (645) DM 5,80

Warden, Robert
Steiner II. Das Eiserne Kreuz.
Roman nach Motiven von
Willi Heinrich.
(3884) DM 6,80

Wiseman, Thomas
Der Tag vor Sonnenaufgang.
Roman. (6330) DM 7,80

Woodiwiss, Kathleen E.
Wohin der Sturm uns trägt.
Roman. (6341) DM 7,80
Shana.
Roman. (3939) DM 8,80

Zola, Emile
Nana.
Roman. (3996) DM 8,80

Zwerenz, Gerhard
Der chinesische Hund.
Roman. (6323) DM 5,80
Salut für einen alten Poeten.
(3937) DM 5,80
Die 25. Stunde der Liebe.
Roman. (3971) DM 5,80
Schöne Geschichten.
Erotische Streifzüge.
(3987) DM 5,80

Die Quadriga des Mischa Wolf.
Roman. (3652) DM 6,80
Die schrecklichen Folgen der Legen-
de, ein Liebhaber gewesen zu sein.
Erotische Geschichten.
(3674) DM 4,80
Die Ehe der Maria Braun.
Roman nach dem gleichnamigen
Film von Rainer Werner Fassbinder.
(3841) DM 5,80
Wozu das ganze Theater?
Roman. (3824) DM 6,80
Eine Liebe in Schweden.
Roman. (3907) DM 5,80
Ungezogene Geschichten.
(3928) DM 5,80

Heitere Romane
und Humor

Böttcher, Maximilian
Krach im Hinterhaus.
Roman. (6348) DM 6,80

Gallico, Paul
Kleine Mouche — Pepino — Die
Schneeganz. Erzählungen.
(902) DM 3,80

Geißler, Horst Wolfram
Die Glasharmonika.
Roman. (2717) DM 4,80
Der unheilige Florian.
Roman. (1712) DM 4,80
Das Lied vom Wind.
Roman. (3641) DM 5,80

**Gilbreth, Frank B. /
Gilbreth Carey, Ernestine**
Im Dutzend billiger.
Roman. (3929) DM 4,80

Heimeran, Ernst (Hrsg.)
Unfreiwilliger Humor.
(3381) DM 4,80

Holm, Sven (Hrsg.)
Bettfreuden.
Dänische Liebesgeschichten.
Erste Folge. (3531) DM 4,80
Zweite Folge. (3649) DM 4,80
Dritte Folge. (3975) DM 4,80

Lembke, Robert
Die besten, die größten,
die schlimmsten.
Rekorde reihenweise.
(3836) DM 5,80
Robert Lembkes Witzauslese.
(3355) DM 3,80
Zynisches Wörterbuch.
Mit 20 Zeichnungen von
Franziska Bilek.
(3437) DM 3,80

Lohmeier, Georg
Geschichten für den Komödienstadel.
(3456) DM 4.—
Neue Geschichten
für den
Komödienstadel.
(3470) DM 4.—

Nicklisch, Hans
Familienalbum.
(6335) DM 5,80

Rösler, Jo Hanns
An meine Mutter...
(3467) DM 3,80
Kitty und Johannes.
Erzählungen.
(3537) DM 4,80
Lachen Sie mit Jo Hanns Rösler.
(3484) DM 3,80
Wohin sind all die Jahre...
(3398) DM 4,80
Wohin sind all die Tage...
(3407) DM 4,80
Wohin sind all die Stunden...
(3421) DM 4,80

Scott, Mary

Übernachtung — Frühstück ausgeschlossen.
Roman. (6316) DM 4,80
Fremde Gäste.
Roman. (3866) DM 4,80 DE
Das Jahr auf dem Lande.
Roman. (3882) DM 4,80 DE
Ja, Liebling.
Roman. (2740) DM 4,80
Geliebtes Landleben.
Roman. (3705) DM 4,80
Das waren schöne Zeiten.
Mary Scott erzählt aus ihrem Leben.
Es ist ja so einfach.
Roman. (1904) DM 4,80
Es tut sich was im Paradies.
Roman. (730) DM 5,80
Flitterwochen.
Roman. (3482) DM 5,80
Fröhliche Ferien am Meer.
Roman. (3361) DM 4,80
Frühstück um Sechs.
Roman. (1310) DM 5,80
Hilfe, ich bin berühmt!
Roman. (3455) DM 4,80
Kopf hoch, Freddie!
Roman. (3390) DM 4,80
Macht nichts, Darling.
Roman. (2589) DM 4,80
Mittagessen Nebensache.
Roman. (1636) DM 4,80
Onkel ist der Beste.
Roman. (3373) DM 4,80
Tee und Toast.
Roman. (1718) DM 4,80
Truthahn um Zwölf.
Roman. (2452) DM 4,80
Und abends etwas Liebe.
Roman. (2377) DM 4,80
Verlieb dich nie in einen Tierarzt.
Roman. (3516) DM 4,80
Wann heiraten wir, Freddie?
Roman. (2421) DM 4,80
Zum Weißen Elefanten.
Roman. (2381) DM 5,80
Oh, diese Verwandtschaft.
Roman. (3663) DM 4,80
Zärtliche Wildnis.
Roman. (3677) DM 4,80
Das Teehaus im Grünen.
Roman. (3758) DM 5,80
Na endlich, Liebling.
Roman. (3913) DM 5,80

Scott, Mary / West, Joyce

Das Geheimnis der Mangroven-Bucht.
Roman. (3354) DM 4,80
Lauter reizende Menschen.
Roman. (1465) DM 4,80
Das Rätsel der Hibiskus-Brosche.
Roman. (3492) DM 4,80
Tod auf der Koppel.
Roman. (3419) DM 4,80
Der Tote im Kofferraum.
Roman.   (3369) DM 4,80

Seeliger, Ewald Gerhard

Peter Voß, der Millionendieb.
Roman. (1826) DM 4,80

Smith, Richard

Schlank durch Sex.
Mit Kalorienangaben.
(3741) DM 4,80 DE

Spoerl, Alexander

Matthäi am letzten.
Roman. (2968) DM 3,80
Unter der Schulbank geschrieben.
(2957) DM 3,80

Spoerl, Heinrich

Die Hochzeitsreise.
Roman. (2754) DM 3,80

Tibber, Robert

Auch sonntags Sprechstunde.
Roman. (3328) DM 3,80
Heirate keinen Arzt.
Roman. (1912) DM 3,80
Ob das wohl gut geht...
Roman. (2908) DM 3,80
Kleiner Kummer, großer Kummer.
Roman. (1950) DM 3,80
Die lieben Patienten.
Roman. (1996) DM 3,80

Troy, Una

Die Pforte zum Himmelreich.
Roman. (2643) DM 4,80
Maggie und ihr Doktor.
Roman. (2354) DM 4,80
Meine drei Ehemänner.
Roman. (2390) DM 4,80

Wodehouse, P.G.

Fünf vor zwölf, Jeeves!
Roman. (3962) DM 5,80
Stets zu Diensten.
Roman. (3860) DM 4,80
Das Mädchen in Blau.
Roman. (3718) DM 4,80
Die Feuerprobe und andere Geschichten.
(2339) DM 4,80
Herr auf Schloß Blandings.
Geschichten. (3418) DM 3,80
Keine Ferien für Jeeves.
Roman. (3658) DM 3,80
Ohne Butler geht es nicht.
Roman. (3500) DM 3,80
Terry lebt verschwenderisch.
Roman. (3349) DM 4,—
Was tun, Jeeves?
Roman. (3947) DM 4,80
Der Junggesellen-Club.
Roman. (3924) DM 4,80

Wolfe, Winifried

Gefrühstückt wird zu Hause.
Roman. (1594) DM 4,80

Märchen und Sagen

Andersen, Hans Christian

Gesammelte Märchen.
(510) DM 5.—

Grimm, Brüder

Märchen der Brüder Grimm.
Nach der Ausgabe von 1857.
(412) DM 9,80

Mark, Herbert

Die schönsten Heldensagen der Welt.
(3748) DM 9,80

Schwab, Gustav

Die schönsten Sagen des klassischen Altertums.
(500) DM 5,80

Edgar Wallace

Alle Wallace-Krimis auf einen Blick

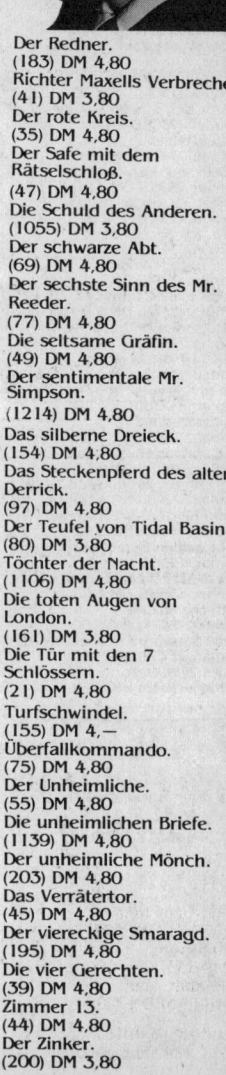

Das vollständige Programm

Goldmann Krimis...
...mörderisch gut

● = *Originalausgabe / Preisänderungen vorbehalten*

Sammlung dtsch. Kriminalautoren

Fortride, L.A.
Der Chrysanthemenmörder.
(4694) DM 3,80

Plötze, Hasso
Formel für Mord.
● (5609) DM 4,80
Lupara.
● (5607) DM 4,80
Die Tätowierung.
● (4877) DM 4,80
Gift und Gewalt.
● (4886) DM 4,80
Weidmannsheil, Herr
Kommissar.
● (5604) DM 4,80
Eine Geisel zuviel.
● (5601) DM 4,80
Fluchtweg.
● (4833) DM 4,80
Die kalte Hand.
● (4845) DM 3,80

Rudorf, Günter
Mord per Rohrpost.
● (5603) DM 4,80

Wery, Ernestine
Die Hunde bellten die ganze
Nacht.
(5608) DM 6,80
Sie hieß Cindy.
● (5606) DM 4,80
Auf dünnem Eis.
● (4830) DM 5,80
Als gestohlen gemeldet.
● (5602) DM 4,80
Die Warnung.
● (4857) DM 4,80

Lit. Krimi

Blake, Nicholas
Der Morgen nach dem Tod.
(5217) DM 5,80

Canning, Victor
Das Sündenmal.
(4779) DM 4,80
Querverbindungen.
(5207) DM 5,80

Crispin, Edmund
Morde — Zug um Zug.
(5214) DM 4,80
Der Mond bricht durch die
Wolken.
(5205) DM 6,80

**A Detection Club
Anthology**
Dreizehn Geschworene.
(5209) DM 6,80

Dibdin, Michael
Der letzte Sherlock-Holmes-
Roman.
(5203) DM 4,80

Doody, Margaret
Sherlock Aristoteles.
(5215) DM 6,80

Ellin, Stanley
Jack the Ripper und
van Gogh.
(5212) DM 5,80
König im 9. Haus.
(4811) DM 5,80

Freeling, Nicolas
Castangs Stadt.
(5221) DM 5,80
Die Formel.
(5213) DM 6,80
Inspektor Van der Valks
Witwe.
(4897) DM 5,80
Der schwarze Rolls-Royce.
(5206) DM 5,80

Gores, Joe
Dashiell Hammetts letzter
Fall.
(4801) DM 4,80
Der Killer in dir.
(4838) DM 4,80

Hare, Cyril
Erschlagen bei den Eiben.
(4774) DM 3,80
Er hätte später sterben
sollen.
(4782) DM 3,80

Hill, Reginald
Noch ein Tod in Venedig.
(5219) DM 4,80
Das Rio-Papier
u.a. Kriminalgeschichten.
(5216) DM 5,80
Der Calliope-Club.
(4836) DM 5,80

Hughes, Dorothy B.
Wo kein Zeuge lauscht.
(5210) DM 4,80

Maling, Arthur
Zuletzt gesehen...
(5201) DM 6,80

Neely, Richard
Der Attentäter.
(4556) DM 4,—
Lauter Lügen.
(4816) DM 4,80
Schwarzer Vogel über der
Brandung.
(4748) DM 4,80
Flucht in die Hölle.
(4866) DM 4,80
Die Nacht der schwarzen
Träume.
(4778) DM 4,80
Das letzte Sayonara.
(5208) DM 6,80

Ruhm, Herbert (Hrsg.)
Die besten Stories aus dem
weltberühmten »Black Mask
Magazine«
(4818) DM 6,80

Simon, Roger L.
Die Peking-Ente.
(5202) DM 4,80

Swarthout, Glendon
Das Wahrheitsspiel.
(5218) DM 6,80

Symons, Julian
Der Fall Adelaide Bartlett.
(5220) DM 6,80
Am Ende war alles umsonst.
(4773) DM 4,80
Roulett der Träume.
(4792) DM 4,80
Damals tödlich.
(4855) DM 5,80

Taibo II., Francisco J.
Die Zeit der Mörder.
(5222) DM 4,80

Tynan, Kathleen
Agatha.
(5204) DM 5,80

Weverka, Robert
Mord an der Themse.
(5211) DM 4,80

Action-Krimi

Charles, Robert
Sechs Stunden nach dem
Mord.
(4760) DM 3,80

Copper, Basil
Mord ersten Grades.
(5408) DM 4,80
Geld spielt (k)eine Rolle.
(5410) DM 4,80

Crowe, John
Ein Weg von Mord zu Mord.
(4766) DM 4,80

Crumley, James
Der letzte echte Kuß.
(5414) DM 5,80

Downing, Warwick
...Zahn um Zahn.
(4747) DM 3,80

Faust, Ron
Der Skilift-Killer.
(4832) DM 3,80

Fish, Robert L.
Die Insel der Schlangen.
(5426) DM 4,80
Ein Kopf für den Minister.
(5415) DM 4,80

Gores, Joe
Überfällig.
(5419) DM 5,80
Zur Kasse, Mörder!
(5418) DM 4,80

Hallahan, William H.
Ein Fall für Diplomaten.
(4823) DM 5,80

Hamill, Pete
Ich klau' dir eine Bank.
(5413) DM 4,80

Jeder kann ein Mörder sein.
(5417) DM 4,80

Harrington, William
Scorpio 5.
(4739) DM 4,80

Hubert, Tord
Wenn der Damm bricht.
(4828) DM 4,80

Irvine, R.R.
Der Katzenmörder.
(4745) DM 3,80
Bomben auf Kanal 3.
(4850) DM 4,80

Israel, Peter
Der Trip nach Amsterdam.
(4876) DM 4,80

Jobson, Hamilton
Ein bißchen sterben.
(4888) DM 3,80
Kontrakt mit dem Killer.
(4755) DM 3,80
Richtet mich morgen.
(4808) DM 3,80

Jones, Elwyn
Chefinspektor Barlow in
Australien.
(4862) DM 3,80

Kyle, Duncan
Todesfalle Camp 100.
(5402) DM 5,80

Lacy, Ed
Mord auf Kanal 12.
(5422) DM 4,80
Verdammter Bulle.
(5416) DM 4,80
Zahlbar in Mord.
(5406) DM 4,80
Geheimauftrag Harlem.
(5404) DM 5,80

Lecomber, Brian
Schmuggelfracht nach
Puerto Rico.
(4861) DM 5,80

MacDonald, John D.
Die mexikanische Heirat.
(5420) DM 4,80

MacKenzie, Donald
Nicht nur Schnappschüsse.
(5425) DM 5,80

Martin, Ian Kennedy
Regan und das Geschäft
des Jahrhunderts.
(4834) DM 3,80

Marshall, William
Bombengrüße aus Hongkong.
(4738) DM 3,80
Dünne Luft.
(4722) DM 4,80
Das Skelett auf dem Floß.
(5403) DM 4,80

Maling, Arthur
Eine Aktie auf den Tod.
(4807) DM 4,80
Manipulationen.
(4854) DM 4,80

Marsh, Ngaio
Der Tod im Frack.
(4908) DM 6,80
Mylord mordet nicht.
(4910) DM 6,80
Fällt er in den Graben,
fällt er in den Sumpf.
(4912) DM 5,80
Ouvertüre zum Tod.
(4902) DM 5,80
Tod im Pub.
(4904) DM 5,80

Martin, Robert
Gute Nacht und süße
Träume.
(4764) DM 4,80

Nielsen, Helen
Ein folgenschwerer
Freispruch.
(4885) DM 4,80

Ormerod, Roger
Blick auf den Tod.
(4819) DM 3,80

Postgate, Raymond
Das Urteil der Zwölf.
(4896) DM 4,80

Roberts, Willo Davis
Tatmotiv: Angst.
(4776) DM 3,80

Roffman, Ian
Trauerkranz mit Liebesgruß.
(4881) DM 4,80

Sayers, Dorothy
Es geschah im Bellona-Klub.
(3067) DM 4,80
Geheimnisvolles Gift.
(3068) DM 4,80
Mord braucht Reklame.
(3066) DM 4,80

Siller, Hilda van
Der Bermuda-Mord.
(4734) DM 3,80
Das Ferngespräch.
(4758) DM 4,80
Ein fairer Prozeß.
(4635) DM 3,80
Ein Familienkonflikt.
(4767) DM 3,80
Der Hilfeschrei.
(4702) DM 3,80
Küß mich und stirb.
(4743) DM 3,80
Die Mörderin.
(4720) DM 3,80
Pauls Apartment.
(4725) DM 3,80
Die schöne Lügnerin.
(4621) DM 3,80
Niemand kennt Mallory.
(4751) DM 3,80

Smith, Charles Merrill
Reverend Randollph und der
Racheengel.
(4860) DM 4,80
Die Gnade GmbH.
(4905) DM 5,80

Stout, Rex
Die Champagnerparty.
(4062) DM 4,—
Gambit.
(4038) DM 4,—
Gast im dritten Stock.
(2284) DM 4,—
Das Geheimnis der
Bergkatze.
(3052) DM 4,—
Gift à la carte.
(4349) DM DM 4,—
Die goldenen Spinnen.
(3031) DM 4,—
Morde jetzt — zahle später.
(3124) DM 4,—
Orchideen für sechzehn
Mädchen.
(3002) DM 4,—
P.H. antwortet nicht.
(3024) DM 4,—
Das Plagiat.
(3108) DM 4,80
Der rote Bulle.
(2269) DM 4,—
Der Schein trügt.
(3300) DM 4,—
Vor Mitternacht.
(4048) DM 4,—
Per Adresse Mörder X.
(4389) DM 4,80
Zu viele Klienten.
(3290) DM 4,—
Zu viele Köche.
(2262) DM 4,—
Das zweite Geständnis.
(4056) DM 4,—
Wenn Licht ins Dunkle fällt.
(4358) DM 4,—

Truman, Margaret
Mord im Weißen Haus.
(4907) DM 5,80

Upfield, Arthur W.
Bony stellt eine Falle.
(1168) DM 4,—
Bony übernimmt den Fall.
(2031) DM 4,80
Bony und der Bumerang.
(2215) DM 4,80
Bony und die Maus.
(1011) DM 4,80
Bony und die schwarze
Jungfrau.
(1074) DM 4,80
Bony und die Todesotter.
(2088) DM 4,—
Bony und die weiße Wilde.
(1135) DM 4,—
Bony wird verhaftet.
(1281) DM 4,80

Fremde sind unerwünscht.
(1230) DM 4,—
Gefahr für Bony.
(2289) DM 4,—
Die Giftvilla.
(180) DM 4,80
Ein glücklicher Zufall.
(1044) DM 4,80
Die Junggesellen von
Broken Hill.
(241) DM 4,80
Der Kopf im Netz.
(167) DM 4,80
Die Leute von nebenan.
(198) DM 4,80
Mr. Jellys Geheimnis.
(2141) DM 4,—
Der neue Schuh.
(219) DM 4,80
Der schwarze Brunnen.
(224) DM 4,—
Der streitbare Prophet.
(232) DM 4,80
Todeszauber.
(2111) DM 4,—
Viermal bei Neumond.
(4756) DM 4,80
Wer war der zweite Mann?
(1208) DM 4,—
Die Witwen von Broome.
(142) DM 4,80
Bony kauft eine Frau.
(4781) DM 3,80

Wainwright, John
Gehirnwäsche.
(4903) DM 4,80

Wallace, Penelope
Toter Erbe — guter Erbe.
● (4893) DM 3,80
Das Geheimnis des
schlafwandelnden Affen.
● (4849) DM 3,80

Weinert-Wilton, Louis
Die chinesische Nelke.
(53) DM 5,80
Der Drudenfuß.
(233) DM 4,80
Die Königin der Nacht.
(281) DM 4,80
Der Panther.
(5) DM 4,80
Der schwarze Meilenstein.
(4741) DM 4,80
Der Teppich des Grauens.
(106) DM 4,80
Die weiße Spinne.
(2) DM 4,80

Woods, Sara
Kommt nun zum Spruch.
(4913) DM 4,80
Der Mörder tritt ab.
(4878) DM 4,80
Verrat mit Mord garniert.
(4882) DM 4,80
Ein Dieb oder zwei.
(4784) DM 4,80

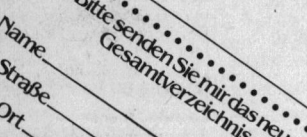